D1752386

Ferdinand Huemer

MASITA
Das erste Buch der Wolken

© 2018 Ferdinand Huemer/Banofi GmbH & Co. KG
Austroflamm-Platz 1, 4631 Krenglbach, Österreich
Alle Rechte vorbehalten.

Autor: Ferdinand Huemer
Redaktion und Lektorat: Lektornet

Weitere Mitwirkende: Silke Porath
Silke Porath ist Mutter von drei Kindern und hat bereits zahlreiche Romane veröffentlicht. Die Schriftstellerin nimmt ihre Leser gerne mit in Traumwelten. Mehr zur Autorin unter www.silke-porath.de.

Gestaltung und Satz: KB&B - The Kids Group
Illustrationen: Krista Smól

ISBN: 978 - 3 - 00 - 057869 - 4

Das Werk, einschließlich seiner Teile, ist urheberrechtlich geschützt. Jede Verwertung ist ohne die Zustimmung des Verlages und des Autors unzulässig. Dies gilt insbesondere für die elektronische oder sonstige Vervielfältigung, Übersetzung, Verbreitung und öffentliche Zugänglichmachung.

Ferdinand Huemer ist nicht nur Schlagzeuger mit Leib und Seele, er ist auch ein Weltreisender der Musik. Als Komponist und Produzent von »Masita« legte er höchsten Wert auf eine musikalische Aussagekraft, die sich vor allem an der Melodie orientiert. So bilden in erster Linie starke, singbare und nicht zuletzt eingängige Melodien die Grundlage des Musicals. Mit größtmöglicher Authentizität und musikalischer Kraft produzierte er die Originalaufnahmen in seinem »Nest«-Studio im oberösterreichischen Krenglbach. Und die Produktion zeigt: die Ernsthaftigkeit, die Freude und die Leidenschaft des Produzenten, Komponisten, Schlagzeugers und – in diesem Fall auch – Gitarristen Ferdinand Huemer. »Masita« ist ganz einfach die hörbare Herzensangelegenheit eines begeisternden und auch selbst begeisterten Künstlers.

Nach einer Idee von Anke Schaubrenner

Mit freundlicher Unterstützung von
Silke Porath

Die Prophezeiung

Aus den uralten Schriften

Seit Anbeginn der Zeit sind das Wolkenparadies und das Erdenreich miteinander verbunden. So wie das Wolkenparadies ein Ort für alle Ahnungen, uraltes Wissen und Magie ist, so ist die Erdenwelt der Ort des Verstandes, der Wissenschaft und der Erfindungen. Das ist Gesetz. Ein mächtiger Baum, so alt wie die Erde, hält die beiden Welten mit seinen Wurzeln fest. Durch seine Adern fließt die Kraft von der einen Welt zur anderen. Sie sind wie Herz und Verstand.

Ehedem waren beide Welten so eng miteinander verwoben, dass sie beinahe eins waren. Die Wolparianer und die Terraner besuchten einander, lernten voneinander. Doch eines Tages erschienen Erdenbewohner, die die Kraft der Magie für dunkle Pläne und Gedanken nutzen wollten. Die Sprache ihrer Herzen wurde leiser, bis sie schließlich ganz verstummte. Und nach und nach, über die Jahrhunderte, geriet das Wolkenparadies im Erdenreich in Vergessenheit.

Vater Karl, der mächtige alte Baum, hielt die Verbindung zwischen den Welten aufrecht. Seine Wurzeln waren stark genug.

Doch wenn die Sprache des Herzens vergessen wird und in den Herzen keine Liebe mehr wohnt, kann keine Welt bestehen.

Darum wird alle tausend Jahre ein Wolparianer auserwählt, um das Wolkenland zu verlassen und die Erdenbewohner an die Sprache des Herzens und der Liebe zu erinnern. Der Auserwählte weiß nichts von seiner Prüfung. Niemand ahnt, was er tut, nicht einmal er selbst. Niemand darf helfen. Und besteht er die Prüfung nicht, darf er nicht zurückkehren. Die Regenbogenbrücke bleibt ihm für alle Zeiten verschlossen, und Teile des Wolkenlandes verschwinden für immer im Nichts. Und die Erdenwelt zerstört sich ohne Herz und Liebe selbst.

Gelingt dem Auserwählten jedoch die schwere Prüfung, dann siegt die Liebe. Sie ist die größte Kraft des Universums. Ohne sie kann nichts existieren, nirgendwo.

Erster Teil

Im Wolkenparadies

»Wenn du es wirklich wissen willst, wirst du es erfahren. Das ist Gesetz.« Vater Karl

»Alter Falter! Ganz schön spooky, was in den Prophezeiungen steht. Ich habe in meinem Leben als dicker grüner Raupler schon einiges mitbekommen. Aber das schlägt doch dem Blatt den Stängel aus. Gut, dass ich hier einen Platz gefunden habe, von dem aus ich alles im Auge habe. Bei Masita geht's grade voll rund.«

»Lass das!« Ich kann nichts dafür, ich muss kichern. Tante SoSo stemmt die Hände in die Hüften und brummt wie ein dicker Käfer. Schnell kneife ich die Augen wieder zu und hoffe, dass ich ein Gesicht mache, das nach höchster Konzentration aussieht. Vergeblich: Meine Tante ist Meisterin in Telepathie und weiß deswegen ganz genau, was in meinem Kopf vorgeht. Und natürlich hat sie auch gesehen, wie Amy mich in den Arm gezwickt hat. Eigentlich hätte meine Freundin dafür ein dickes Lob von Tante SoSo verdient, denn schließlich liegen wir drei Meter voneinander entfernt auf dem weichen Gras. Amy hat mich nur in Gedanken gekitzelt.

»Masita, konzentriere dich und schicke Flo eine Farbe.« Flo ist die Zweite in unserem Bund. Dann gibt es noch Tilda, und zusammen sind wir die BoomBoom Roses. Eigentlich. Im Augenblick sind wir nämlich keine tolle Band, sondern Schülerinnen, die lernen sollen, wie man Gedanken überträgt. Alle Wolparianer können das. Und brauchen diese Fähigkeit, um mit Vater Karl zu sprechen. Er ist auf den ersten Blick ein knochiger, uralter Baum mit einem so dicken Stamm, dass man minutenlang gehen muss, um ihn einmal zu umrunden. Auf den zweiten Blick – oder eben auf den telepathischen Blick – ist Vater Karl … nun ja, ein Vater. Der Boss im Wolkenparadies. Ohne ihn läuft hier bei uns nichts, und es wäre sehr, sehr blöd, wenn ich nicht weiterhin mit ihm sprechen könnte. Ich atme tief ein. Kneife meine Augen noch ein bisschen fester zusammen, bis ich kleine weiße Punkte flirren sehe. Und stelle mir ein sattes, warmes Rot vor. Das ist nämlich die Farbe, die mein Kleid heute hat. Es war gar nicht so einfach, Blumen zu finden, die exakt zu meinem Outfit passen. Aber hinter Tildas Haus war ein ganzer Busch voll roter Blüten. Ein paar davon habe ich mir unterwegs in die Haare geflochten, sie passen wundervoll zu der weißen Feder in meiner Frisur. Meine Locken kann ich sowieso nicht bändigen. Die machen, was sie wollen, weswegen ich meistens nur einen kleinen Zopf an der Seite trage, damit mir die roten Kringel nicht dauernd ins Gesicht fallen. Die Blumen riechen so süß, dass ich mich kaum konzentrieren kann.

»Blau!« Tilda setzt sich auf und strahlt. Innerlich verdrehe ich die Augen. An mir liegt es nicht, ich habe nur an Rot gedacht. Na ja, und ein bisschen an Blau. Neben dem roten Blumenbusch steht eine mannshohe blaue Blüte. Tante SoSo seufzt. Dann klatscht sie in die Hände.
»Genug für heute. Ich möchte nur wissen, wo ihr Mädchen mit euren Gedanken seid.« Sie schüttelt den Kopf.
»Wenn sie das nicht rausfinden kann, ist sie aber mächtig mies in Telepathie«, flüstert Flo mir zu.
»Das habe ich gehört, junge Dame!« Tante SoSo bückt sich. Im ersten Moment befürchte ich, sie ziehe Flo gleich an den Haaren. Dann aber reißt sie einen grünen Zweig ab, schnuppert daran und steckt ihn zufrieden in ihre Schürzentasche, die sich über ihrem gewaltigen Bauch spannt. Ich nehme an, das Kraut braucht sie für irgendeinen widerlich bitteren Tee gegen Husten oder so.
»Geht nach Hause. Und vergesst nicht, euch bis morgen eine Person zu suchen, mit der ihr telepathisch Kontakt aufnehmen wollt.«
»Hausaufgaben? Heute?« Amy rappelt sich hoch und sieht Tante SoSo aus kullerrunden Augen an. Aber die Masche zieht bei unserer Lehrerin nicht.
»Ja. Heute.« Tante SoSo winkt uns zu und snoopt davon. Irgendwann in drei oder vier Lektionen will sie uns beibringen, wie wir uns allein mit der Kraft unserer Gedanken in Sekundenschnelle von einem Ort zum anderen snoopen können. Bis dahin müssen wir noch zu Fuß gehen. Tilda summt einen neuen Song, probiert Melodien aus, flicht hier und da ein Wort in die Musik. Ich mag ihre Stimme, sie ist hell und klar und erinnert mich an eiskaltes Wasser. Und ein bisschen an eine Triangel. Diese holt sie jetzt auch aus der Tasche an ihrem Rock und schlägt im Takt mit dem kleinen Stöckchen auf das gebogene Metall. Passt!
Flo hüpft zu ihr, hakt sich bei Tilda unter und unterlegt mit ihrer rauen Stimme Tildas neue Melodie mit Rhythmus. Sie könnte jetzt die hellblau bemalten Kastagnetten hervorholen, die sie am liebsten spielt. Tut sie aber nicht. Amy legt den Kopf schief und schließt die Augen. Einen

Moment lang bleibt sie stehen, dann rennt sie zu den anderen. Stimmt warm in die Melodie ein und streut dann und wann ein neues Wort in den Song. Ihr Tamburin hat sie heute nicht dabei, aber das muss auch nicht sein. Was ich höre, ist perfekt. Weil es schön ist. So einfach ist das manchmal.

Ich liebe es, den BoomBoom Roses dabei zuzusehen und zuzuhören, wie sie zu meinen neuen Melodien improvisieren, neue Töne hinzufügen, sich im Takt bewegen und tanzen, tanzen, tanzen. Und sie sehen wunderschön aus, alle drei. Amy, so verträumt. Die blonde Tilda, die sich selbst zu dick findet, ist perfekt. Und Flo, die uns alle um einen halben Kopf überragt, beneide ich um ihre schwarzen Haare und die dunkle Haut, deren Farbe mich an warme Milch mit Schokolade erinnert. Meine Freundinnen tanzen, und das geht bei ihnen so leicht, dass ich mich manchmal frage, ob sie die Ideen für die Moves nicht irgendwie von den Bäumen pflücken.

Mein Magen knurrt. Zum Glück sind die Quetschbeeren schon reif. Während meine Mädels hinter den dichten Büschen verschwinden, pflücke ich eine Handvoll lila Beeren und stopfe sie mir in den Mund. Der Gesang wird leiser, und ich schiele zum Himmel. Die Sonne steht beinahe im Zenit. Höchste Zeit, nach Hause zu gehen. Oder zu rennen – ich bin ein bisschen spät dran, und snoopen kann ich ja noch nicht. Gerade als ich Gas geben will, stolpere ich über einen azurblauen Stein. »Autsch!« Mein Zeh beginnt zu pochen. Ich lasse mich ins Gras fallen, nehme den Fuß zwischen beide Hände und puste auf die schmerzende Stelle. Und schimpfe mit mir selbst, weil ich mal wieder barfuß bin. Aber ich mag es, wenn ich das kühle Gras unter meinen Füßen spüre. Tante SoSo hätte bestimmt ein Kraut, das den Schmerz augenblicklich verschwinden ließe. So aber bleibt mir nur abzuwarten.

Mist. Mutter wartet. Sie ist eigentlich total lieb, aber es gibt ein paar ganz wenige Dinge, die sie nicht leiden kann. Warten gehört eindeutig dazu. »Ich warte schon mein ganzes Leben«, motzt sie immer dann, wenn ich ein bisschen zu spät nach Hause komme.

Auf wen oder was – das sagt sie allerdings nie. Hilft nichts. Ich puste weiter. Warten. Fast jede Nacht wartet jemand auf mich. In meinen Träumen. Mein Mund wird staubtrocken, als die Bilder der Nacht vor meinem inneren Auge auftauchen. Ich will aufstehen, aber die Gedanken halten mich wie starke Arme am Boden fest.
Und dann sehe ich den Regenbogen. Ich weiß, dass ich jetzt nicht träume – aber ich kenne diesen Regenbogen aus so vielen Nächten, dass er mir tagsüber echt vorkommt.
»Vielleicht hilft es ja, wenn ich wach bin«, sage ich mir und lasse zu, dass die Bilder und Geräusche, die Gerüche und Gefühle aus so vielen Nächten zu mir auf die Wiese kommen. Vielleicht sind sie hier leichter zu entschlüsseln als bei Vater Karl? Ich nehme mir fest vor, ihn heute Nachmittag zu besuchen, mich in seine starken Äste zu kuscheln und ihn mal um seine Meinung zu bitten. Immerhin hat er unendlich viele Jahre auf der Baumrinde. Da könnte er wissen, was da nachts bei mir so abgeht. Oder warum.
Der Schmerz in meinem Zeh ebbt ab. Ich schließe die Augen. Der Regenbogen ist blasser, als wenn ich tief schlafe. Aber er ist da, und ich sehe mir selbst dabei zu, wie ich auf ihn zugehe. Ihn berühre, eins werde mit seinen bunten Farben. Und ich spüre, wie ein Wirbel mich in das Rot und Blau, das Grün und Lila hineinzieht. Hochhebt. Umdreht. Und dann in eine Richtung katapultiert, von der ich nicht sagen kann, ob sie oben oder unten ist. Zunächst hat mir das Angst gemacht – aber mit der Zeit habe ich gelernt, dass ich jedes Mal sanft lande, wenn der Wirbel nachlässt. Und das, obwohl mein Hintern nicht auf Gras plumpst, sondern jedes Mal auf eine glatte graue Oberfläche.
Und jedes Mal taucht ein Junge auf. Immer derselbe. Ich kenne ihn nicht. Zumindest habe ich ihn hier im Wolkenparadies noch nie gesehen. Er wäre mir bestimmt aufgefallen. Nicht weil er jedes Mal einen Topf in der einen und einen Löffel in der anderen Hand hält. Es sind seine Augen, die mich faszinieren. Und die so ganz anders leuchten als die von den Wolparianerjungs.

Als ich schließlich mit dem Zeh wackele, verzieht sich der restliche Schmerz wie eine Rauchwolke. Was gut ist, denn so langsam muss ich nach Hause. Nicht, dass ich das nicht wollte, aber mein Zuhause ist irgendwie … grau. Wenn es eine Farbe wäre. Was ganz und gar nicht an unserem Haus liegt, das ist hell und freundlich, blitzeblank. Es liegt eher an meiner Mutter Annita. Sie ist grau. Und damit meine ich nicht ihre Haare oder ihre Kleidung. Das Grau kommt aus ihrem Inneren. Es ist ein schweres, trauriges Grau, ohne Musik, ohne Melodie, und fast meine ich, es greifen zu können, als ich in die Stube trete. Und ich spüre den Klang, der von meiner Mutter ausgeht. Es ist keine fröhliche Musik. Früher strahlte sie, wenn sie mich sah. Füllte den Raum mit glasklarem Gesang, der mich an perlende Kiesel und rieselnden Sand erinnerte, in dem sich lustige Vögel und freche Schmetterlinge tummelten. Jetzt ist Mutters Klang dumpf. Dunkel. Wie ein Erdloch, in das keine Sonne fällt.

Mama steht am hinteren Fenster und schaut hinaus. Ich bin mir nicht mal sicher, ob sie mitbekommen hat, dass ich wieder da bin. Aber als sie sich schließlich umdreht und blinzelt, weiß ich, dass sie wieder etwas da draußen gesucht hat, das nur sie sehen kann. Obwohl sie etwas versucht, das wie ein Lächeln aussieht, sehe ich, dass ihre Augen feucht glänzen. Höchste Zeit, um sie aufzumuntern.

»Mama, Tilda ist so witzig. Sie hat keine Ahnung vom Snoopen und vorhin …« Ich verstumme. Genauso gut könnte ich mit einem Busch reden. Meine Mutter sieht mich an, schaut durch mich hindurch, und ich weiß, dass sie mir nicht zuhört. Ihre Gedanken sind weit, weit weg. Und ganz bestimmt nicht in diesem Zimmer. Sie hat immerhin ein bisschen aufgeräumt und die große rote Decke, unter der sie das Klavier versteckt, damit niemand es sieht, weil niemand es mehr spielt, gegen eine blaue ausgetauscht.

»Komm«, sage ich, nehme sie an der Hand und ziehe sie zum Sofa. Dann kuschele ich mich an sie. Sie streichelt mir über die Haare, über die flaumige Feder, die ich hineingeflochten habe, und gibt mir einen Kuss auf

die Stirn. Eine ganze Weile sitzen wir nur so da. Irgendwann nimmt sie das Amulett, das ich immer um meinen Hals trage, in die Hand und streicht sanft über das kühle Gold und die eingravierte Schrift. »Yucce va«: Hallo, du. Sie lässt den Verschluss aufspringen und seufzt, als sie die Taube mit den weit ausgebreiteten Flügeln im Inneren erblickt.
Wenn sie jetzt wieder sagt, dass ich noch zu klein für diese Geschichten sei, fange ich an zu schreien. Aber heute sagt sie es nicht.
»Mein kleines Blümchen«, flüstert Mama und haucht mir einen Kuss auf die Stirn. Ich schlucke den dicken Kloß in meinem Hals weg. Genau das hat Vater immer zu mir gesagt. Jeden Tag. Bis er fortging. Und mir das Amulett um den Hals legte. Er trägt das gleiche Schmuckstück, das weiß ich.
»Warum ist er weg?«, flüstere ich.
Mama weiß genau, wen ich meine. Sie schnieft und rückt ein bisschen von mir ab. Dann schließt sie das Amulett und starrt die Wand an. Starrt an Vaters Klavier vorbei, als wäre es nicht da. Weil er nicht mehr da ist. Das macht sie immer so, wenn ich nach meinem Vater frage. Und es nervt. Heute ganz besonders.
»Weißt du was?«, blaffe ich sie an und stehe auf. »Ich gehe zu Vater Karl. Der versteht mich. Und der weiß vielleicht auch, was es mit meinem komischen Traum auf sich hat. Und ob es diese andere Welt gibt.«
Ich schlüpfe in meine weichen braunen Stiefel. Das Leder ist so fein, dass es sich fast so anfühlt, als würde ich barfuß gehen. Ich ziehe am Schaft, bis alles richtig sitzt. Dann stürme ich los.
»Warte!«
Mama zuckt zusammen, als wäre sie eben mitten aus dem Schlaf gerissen worden. Ich fahre herum. Sie sieht mich mit großen Augen an.
»Hör auf damit«, sagt sie leise. Dann räuspert sie sich. »Masita, das ist Blödsinn. Seifenblasen sind das.«
Beim Sprechen ist sie immer lauter geworden. Bis sie mich beinahe anbrüllt.
»Ich will nichts mehr davon hören!«

Ich klappe den Mund auf und weiß nicht, ob ich sauer sein soll oder mich freuen, weil sie endlich, endlich überhaupt irgendetwas sagt. Auch meine Mutter sieht ratlos aus. Ganz so, als wäre sie über sich selbst erschrocken.

»Es muss doch nicht alles stimmen, was Vater Karl sagt«, meint sie. »Er ist schon ein alter Baum.«

Da muss ich ihr recht geben. Vater Karl ist so alt, wie man nur denken kann. Er steht in der Mitte des Wolkenlandes, und es braucht zwei Dutzend Männer, die sich an den Händen nehmen, um seinen mächtigen Stamm einmal zu umfassen. Sein Blätterdach ist sehr groß und dicht, und wenn man sich in seine starken Äste kuschelt, kann man das Leben durch sein Holz vibrieren fühlen. Natürlich kann er nicht sprechen, aber wir alle im Wolkenland verstehen ihn trotzdem.

»Und wo kämen wir hin, wenn jeder seinen Träumen folgte?«

Mutters Stimme kippt. Sie schluchzt. Ich weiß, dass jetzt der Moment ist, den ich nutzen muss. Jetzt oder nie – sonst werde ich noch Jahre auf Antworten warten müssen. Ich setze mich wieder neben sie und nehme sie in den Arm. Eigentlich sollte es umgekehrt sein, aber was ist bei uns beiden schon normal?

Ich atme tief ein. Summe in meinem Kopf ein Lied, das erst ganz wirr vor lauter Klängen ist, die nicht zusammenpassen wollen. Und das sich dann doch zu einem Klang fügt, der härter ist als Vater Karls Rinde. Das macht mir Mut, und ich platze einfach heraus:

»Warum bist du so oft traurig, Mama? Es ist doch so schön bei uns im Wolkenparadies, und alle fühlen sich wohl hier, und die Blumen sind so schön, und wir beide haben doch uns, und Tante SoSo ist doch eine tolle Schwester …« Herrje. Ich plappere wie ein Wasserfall und muss mir auf die Zunge beißen. Sie kräuselt die Lippen und sieht für einen ganz kurzen Moment belustigt aus. Dann wischt sie sich die Tränen aus den Augen.

»Ach, kleines Blümchen.«

Sie holt tief Luft, und ich befürchte, dass sie wieder in eisernes Schweigen verfällt. Aber dann redet sie tatsächlich weiter. Ich wage es nicht, sie anzusehen, und starre aus dem Fenster. Dort steht ein Busch mit knallroten Blumen. In einer der kelchförmigen Blüten flattert ein Schmetterling.

»Es ist nicht alles so schön und einfach, wie es aussieht. Auch hier gibt es dunkle Geheimnisse.«

Geheimnisse? Sind eigentlich immer gut. Auch wenn es dunkle sind.

»Dann verrate sie mir doch«, fordere ich Mutter auf. Und könnte kreischen, als sie sagt: »Masita, dafür bist du noch zu klein.« Immer bin ich zu klein. Zu jung. Zu unerfahren. Aber erstens wachse ich jeden Tag. Werde jeden Tag älter. Und sammele jeden Tag neue Erfahrungen. Und zweitens: Wie soll man etwas lernen, wenn die Erwachsenen einem nie was verraten? Ich möchte wissen, wie die Großen zu all ihrem Wissen gekommen sind! An Büschen wächst das sicher nicht.

»Ich bin nicht zu klein!« Das klang jetzt nicht freundlich. Aber das ist mir im Augenblick auch egal. Trotzdem beeile ich mich, netter zu klingen, als ich Mamas irritierten Blick sehe. Nicht dass sie wieder nichts erzählt!

»Mein Herz ist groß, Mama, und versteht sehr viel.«

Sie lächelt! Tatsächlich und ehrlich! Und dann streichelt sie mir über die Wange.

»Du bist Elias so ähnlich.« Elias ist mein Vater. Der Mensch, den ich am meisten vermisse und doch am wenigsten von allen kenne, weil er gegangen ist, als ich wirklich noch klein war. Das ist so lange her, dass ich mich kaum an ihn erinnere. Aber irgendwo tief in mir drin klingt eine Melodie, seine Melodie. Die das alte, versteckte Klavier so gut kennt. Sanft, fröhlich, stark und ganz, ganz warm. Früher konnte ich das noch besser hören, aber jetzt habe ich Angst, dass die Töne immer leiser werden und eines Tages ganz verstummen. Und deshalb muss ich ganz einfach alles wissen. Das kann ich meiner Mutter so natürlich nicht sagen. Muss ich jetzt auch nicht, denn sie spricht auch so weiter.

»Dein Vater war fröhlich und mutig. Und er liebte Abenteuer.« Sie kichert. »Und dann hatte er ständig neue Ideen. Langweilig war es nicht mit ihm. Und wenn doch, dann hat er für dich einfach ein neues Spiel erfunden oder sich eine Geschichte ausgedacht.«

Daran erinnere ich mich! Wenn Vater vor dem Haus saß und fabuliert hat, waren wir nie allein. Meistens kamen Tilda und die anderen Roses, und wir ließen uns gemeinsam in fremde Welten entführen.

»Aber seine Träume haben zu nichts Gutem geführt. Elias ist gegangen, weil er seinem Traum gefolgt ist.« Es scheint, als würde sich eine dunkle Wolke über Mutters Gesicht schieben.

Mit einem Mal befällt mich ein ungutes Gefühl. Als würde jemand die Hände um meinen Hals legen und zudrücken.

»Warum sprichst du immer in der Vergangenheit von Papa? Weil er tot ist?« Das Letzte sage ich ganz leise. Damit es nicht wahr ist.

»Das weiß ich nicht, Masita. Ganz ehrlich, ich wünschte, ich wüsste es.« Und dann schweigt sie. Ich auch. Ich umfasse das Amulett mit der Hand. Aber auch die Taube gibt mir keine Antwort.

Dieser Moment
Gesungen von Cassandra Steen

Ich seh eure Gesichter
wie tausend ferne Lichter
hör euren Herzschlag
die Gesänge aus dem Wolkenland

Bin noch immer auf Reisen
in dieser anderen Welt
möcht in all die grauen Herzen
Lieder von der Liebe säen

Tausend Farben hat das Leben
jetzt sind wir Hand in Hand vereint

**Dieser Moment soll ewig sein
denn unsere Wunden sind verheilt
weil uns die Liebe wiederfand
wird unser Mond zum Diamant
wird unser Mond zum Diamant**

Heut halten wir die Zeit an
wie ein Karussell
und wir feiern dieses Leben
mit dir umarm ich diese Welt

Ich schenk dir neue Lieder
erkennst du ihren Klang
wo immer du auch hingehst
Musik ist unser magisches Band

Tausend Jahre sind vergangen
wir gehen zurück in unsere Welt

Dieser Moment soll ewig sein
denn unsere Wunden sind verheilt
weil uns die Liebe wiederfand
wird unser Mond zum Diamant

Dieser Moment soll nie vergeh'n
unsere Spur wird nie verweh'n
weil uns die Liebe wiederfand
wird unser Mond zum Diamant
wird unser Mond zum Diamant

Mit einem Lächeln, das wärmt
lacht der Mond dir zu
sieh hinauf, es wird hell
das ist deine Welt
deine Wolkenwelt

Dieser Moment soll ewig sein
denn unsere Wunden sind verheilt
weil uns die Liebe wiederfand
wird unser Mond zum Diamant

Dieser Moment soll nie vergehn
unsere Spur wird nie verwehn
weil uns die Liebe wiederfand
wird unser Mond zum Diamant
wird unser Mond zum Diamant

Mein Herz ist groß und versteht sehr viel

»Alter Falter! Es sind doch überall die gleichen Sprüche. Dafür bist du zu jung. Zu klein. Zu dick. Zu dünn. Nein. Sind wir nicht. Wir sind genau richtig so, wie wir sind. Wer heute alt ist, der war früher auch mal ein Kind. Die meisten vergessen das nur. Ich hoffe, unsere Masita nicht. Aber die ist sowieso anders. Die bläst kein Trübsal. Die macht was.«

Ich weiß nicht, wie lange Mutter und ich schweigend auf dem Sofa saßen. Irgendwann ist sie eingenickt, und ich habe mich nach draußen geschlichen. Vor der Tür knalle ich beinahe mit Tante SoSo zusammen. Was einen schönen Wumms gegeben hätte, denn Mamas Schwester ist ziemlich … na ja, sagen wir: umfangreich. Allerdings rieche ich sie einen winzigen Moment, ehe ich sie sehe. Wie immer umgibt Tante SoSo der würzige Duft von Kräutern, gemischt mit etwas Harzigem und zugleich Süßem. Sie heißt nicht wirklich Tante SoSo. So heißt sie nur, weil sie immer »So, so« sagt. Ehrlich gesagt habe ich ihren richtigen Namen vergessen. Sie vielleicht auch, den sagt ja nie jemand.

»So, so, Masita hat es eilig!« Meine Tante schüttelt den Kopf, bis ihr Doppelkinn wackelt. Und mit ihm wackelt die ganze Tante. Was lustig aussieht und gemütlich. Sofort hebt sich meine Laune ein bisschen.

»Mama ist eingeschlafen«, teile ich ihr mit, ehe sie an die Tür wummern kann. Auftritte meiner Tante sind nie leise.

»So, so.« Sie kichert, und ich bin froh, dass die Tür schon zu ist. Denn ein Kichern von Tante SoSo ist so laut wie ein schallendes Lachen anderer Leute. Und wenn sie wirklich lacht, dann ist es, als würde ein Trommelfeuer über einen hinwegziehen. »Dann braucht Annita die ja nicht.« Tante SoSo nestelt eine kleine braune Flasche aus dem Lederbeutel, den sie an ihrem Gürtel trägt, und stellt sie neben die Tür.

»Was ist das?«, erkundige ich mich. Nicht, dass ich aus Versehen was von dem Gebräu trinke. Meine Tante zaubert in ihrer kleinen Küche allerhand zusammen, und mit mancher Mixtur möchte ich allein schon deswegen keine Bekanntschaft machen, weil sie widerlich bitter schmeckt.

»Kugelkäfer-Traumsaft«, klärt Tante SoSo mich auf.

»Nein, den braucht Mama jetzt nicht«, kichere ich. Sie sieht mich so durchdringend an, dass ich mich durchsichtig fühle.

»Hast du deine Hausaufgaben gemacht?«, will sie wissen.

Mist. Ertappt. So nett das auch ist, eine Tante wie sie zu haben – als Lehrerin ist sie ein Graus. Und eben weil sie meine Tante ist, auch besonders streng zu mir. Das wollen Tilda, Flo und Amy nicht glauben, es ist aber so. Die drei werden viel weniger von ihr ausgeschimpft als ich. Und können sich viel mehr erlauben. Was erst gestern zu einem Streit mit Flo geführt hat. Während Tante SoSo mich fixiert (weil sie, wie ich vermute, die Antwort – ein klares »Äh ... also ... nö« – schon kennt), denke ich an meine Freundinnen.

Es wäre keine schlechte Idee, jetzt mit den BoomBoom Roses ein bisschen zu singen, zu musizieren und zu tanzen. Und natürlich ein paar von den rosafarbenen Keksen zu essen, die Tilda immer dabeihat. Flo und ich haben uns auch wieder vertragen, nachdem sie mich »Streberin« und ich sie »Wurzelpurzel« genannt habe. Außerdem will ich Amy schon lange fragen, ob sie mir mal eine ihrer Glitzerkronen ausleiht. Ich steh ja nicht auf so Mädchenkram, aber es wär schon schick, mal was anderes als immer nur Blumen oder Federn im Haar zu haben. Unter dem strengen Blick von Tante SoSo vergeht mir allerdings sofort jede Lust auf alles.

»Dann eben jetzt.« Mamas Schwester stemmt die Arme in die breiten Hüften. Eine Taille hat sie schon so lange nicht mehr. Ich wette, sie weiß gar nicht mehr, ob sie überhaupt Rippen hat.
»Ooooooch.« Schmollmund. Große runde Augen. Ein bisschen mit den Wimpern klimpern. Hilft bei Mama immer.
»Nichts och! Los geht's!« Tante SoSo pikst mich mit dem Finger gegen die Brust. Genau neben das Amulett. Von mir aus könnte sie mir noch mal vormachen, wie genau das mit dem Snoopen funktioniert. Das nämlich war die Hausaufgabe. Dreimal hintereinander an drei verschiedene Orte snoopen und am Ende wieder am Ausgangspunkt landen. Ganz einfach.
Eigentlich.
Wenn man es kann.
Kann ich aber nicht. Also … einmal snoopen ja. Aber das allein, die ganze Konzentration darauf, nichts zu denken – und doch gleichzeitig das gewünschte Ziel zu erreichen –, ist so anstrengend, dass ich beim Ankommen immer sofort einschlafen könnte. Außerdem ist mein Kopf gerade so voll mit allen möglichen Gedanken und merkwürdigen Melodien, die gar nicht zueinanderpassen wollen, dass ich weiß: Das hat heute keinen Sinn.
Tante SoSo sieht das aber anders. Ich muss sie ablenken.
»Was ist noch in deinem Beutel?«, frage ich. Was Besseres fällt mir nicht ein. Aber es ist gut genug. Meine Tante kramt tatsächlich in der Ledertasche und fördert einen grauen Stein zutage. Sie hält ihn zwischen Daumen und Zeigefinger gegen das Licht. Er ist durchsichtig, und als die Sonnenstrahlen auf ihn fallen, beginnt in seinem Inneren ein heller Nebel zu kreisen. Das ist ein Wolkenstein! Der ist perfekt, um verloren gegangene Dinge wieder herzuzaubern. Vorausgesetzt, man hat einen. Und vorausgesetzt, man kennt den Zauberspruch.
In meinem Fall ist beides negativ.
»Kann man damit auch Menschen herzaubern?«, will ich wissen und starre auf die winzigen Wolken, die im Herz des Steins tanzen.

Tante SoSo schließt die Faust. Dann lässt sie den Stein in ihren Beutel plumpsen.
»Nein.«
War ja klar. Wäre auch zu schön gewesen.
»Deinen Vater kann ich nicht herzaubern, wenn es das ist, was du meinst, aber ...« Tante SoSo beißt sich auf die Lippen.
»Aber was?« Von mir verlangt sie schließlich auch immer vollständige Sätze.
»Nichts. Ach. Also jetzt. Hausaufgaben!«
»Von wegen Hausaufgaben. Was wolltest du sagen?« Jetzt stemme ich die Hände in die Hüften. Vielleicht hilft das ja eher als ein Plinkern mit den Augen.
»Masita, dafür bist du noch ...«, hebt meine Tante an.
»... zu klein?«, falle ich ihr ins Wort. »Nein, das bin ich nicht. Und ich habe langsam keine Lust mehr, dass alle immer nur um den heißen Brei herumreden. Nicht mal Vater Karl nimmt mich ernst!«
»Aber wir nehmen dich doch alle ernst.« Tante SoSo sieht mich mit einer Mischung aus Traurigkeit und Entsetzen an.
»Dann zeig es mir!«, fordere ich sie auf.
Wieder pikst sie mir mit dem Finger auf die Brust. »Da drin ist die Antwort. Such sie in deinem Herzen.«
Spricht sie und verschwindet. Das Letzte, was ich höre, ist ihre Stimme die sich wie das Rauschen des Windes anhört. Ich kann nicht alle Worte verstehen. Während Tante SoSo sich fortsnoopt, prallen Silbenfetzen an meine Ohren. Prophezeiung. Elias. Traum. Und das unschönste Wort von allen: Hausaufgaben.
Zum stinkenden Wurzelpurzel! Aber es hilft ja nichts. Wenn ich morgen nicht einen riesengroßen Anpfiff im Unterricht kassieren will, muss ich jetzt ran. Und weil Flo die Beste im Snoopen ist, beschließe ich, ihr einen Besuch abzustatten.
Dazu setze ich mich in den Schatten einer süß duftenden Kletterrose, die sich um den Stamm eines Glockenbaumes windet. Das Klingeln

der hellgelben Blüten an den Ästen beruhigt mich, und ich sauge den Duft der Rose in meine Nase. Dann schließe ich die Augen und stelle mir meine Freundin vor. Flo ist gut einen Kopf größer als ich, und wenn sie sich zu mir runterbeugt, fallen ihr die schwarzen Haare ins Gesicht. Manchmal segelt eine der bunten Federn zu Boden, die sie sich als Ohrring, als Haarspange oder sogar als Schuhklemme ansteckt. Ich atme ein. Aus. Wieder ein. Vor meinem inneren Auge taucht Flo auf. Verschwommen erst, dann immer schärfer. Ich spüre, wie mein Körper zu vibrieren beginnt. Es fühlt sich an, als würden tausend und mehr kleine grüne Raupen über meine Haut krabbeln. Es ist nicht unangenehm, nur ungewohnt. Und dann verdichtet sich das Bild in meinem Kopf. Eine einzelne rote Feder wird größer und größer. Ich sehe sie so haarscharf, als würde sie unter einem Vergrößerungsglas liegen. Im selben Moment geht ein Ruck durch mich, und ich spüre, wie ich mich auflöse, in allen einzelnen Zellen durch die Luft wirbele und dann langsam, aber mit einem warmen Gefühl wieder zusammengesetzt werde. Ehe ich die Augen öffne, schnuppere ich noch mal. Nein, hier riecht es nicht mehr nach süßen Rosen. Und auch das Klingeln der Glöckchen ist nicht zu hören.
Dafür riecht es nach frischem Gras.
Und ein Hahn kräht.
Ich öffne die Augen. Blinzele. Und stöhne auf.
Das Snoopen hat geklappt. Ich bin tatsächlich an einem anderen Ort gelandet.
Aber nicht bei meiner dunklen Flo mit dem Federschmuck.
Sondern bei Hahn KriKri und seinen Hennen.
Das Federvieh sieht mich verdutzt an und gackert. Und … sie lachen. Würde ich an ihrer Stelle vielleicht auch, denn anstatt elegant auf meinen Füßen zu landen, bin ich mit dem Hintern voraus aufgekommen. Zum Glück hat Tante SoSo uns längst beigebracht, die Sprache der Tiere im Wolkenland zu verstehen. Sprechen können sie nämlich, aber anders als wir Menschen. Wobei ich das in diesem Moment gar nicht

so gut finde, dass ich sie verstehen kann. Denn die Hennen lästern. Über mich. Ich rappele mich hoch und blitze sie an. KriKri lässt seinen Kamm schwellen und wirft sich in Position.

»Wer ist der schönste Hahn?«, kräht er.

Und seine Hennen antworten schrill: »KriKri!«

Dieses Tier hält sich für den klügsten, charmantesten und tollsten Hahn überhaupt. Vielleicht ist das aus Hühnersicht auch so. Ich könnte mit dem zerrupften Kerl nicht viel anfangen. Aber wenn ihn keiner lobt, muss er es wohl selbst tun. Und lustig ist er ja allemal.

»Sieh an, Masita. Da ging wohl was daneben?« Der Hahn stolziert auf mich zu, ruckelt mit dem Hals und legt den Kopf schief.

»Hmpf.«

»Oh, oh. Schlechte Laune?«

»Hmpf.«

»Oder bist du traurig?«

»Hmpf.«

»Das geht nicht, edles Fräulein, schließlich siehst du vor dir den edelsten Hahn aller Zeiten!«

Jetzt muss ich doch ein bisschen kichern. Und breche in schallendes Gelächter aus, als KriKri die Flügel ausbreitet, einen Satz nach vorne macht und aus vollem Schnabel zu singen beginnt. Seine Hühner fallen im Chor ein, und wenig später kann auch ich nicht mehr sitzen bleiben und drehe mich mit dem singenden Federvieh im Kreis.

»Was für ein eingebildeter Hahn!«, poltert es plötzlich aus dem Gebüsch. Ich zucke zusammen. KriKri flattert vor Schreck gegen eine seiner Hennen. Ein paarmal gackern und glucksen sie noch. Dann erstarren sie alle, als hätte jemand sie ausgestopft. Mit lautem Rascheln teilt sich der Busch.

»Natias!« Ich freue mich wirklich, den alten Esel zu sehen. Oft bietet sich die Gelegenheit nicht, denn der graue Herr ist ständig irgendwo im Wolkenparadies unterwegs. Sucht hier nach den saftigsten Kräutern, trabt dort einem unwiderstehlichen Duft hinterher. Und obwohl er immer so tut, als hätte er schlechte Laune und könnte niemanden leiden, weiß ich doch haargenau, dass er mich mag. Denn erstens lässt er mich seine langen, struppigen Ohren kraulen, und zweitens durfte ich schon ganze dreimal auf seinem Rücken reiten. Natias nickt mir zu und kneift eines seiner mit dichten Wimpern (um die ich ihn ehrlich beneide) umrandeten Augen zu.

»So, die kleine Masita wird zum Huhn«, scherzt der Esel.

KriKri gibt ein empörtes Krähen von sich.

»Blöder Esel«, kräht er.

»Blöder Esel«, gackern seine Hühner. Und dann trippelt die ganze beleidigte Schar von dannen.

»Wohin bist du unterwegs?«, frage ich Natias und klopfe ihm gegen den Hals.

»Zu Vater Karl«, antwortet er und stupst mich mit seinen weichen Nüstern gegen die Schulter. »Kommst du mit?«

Das lasse ich mir nicht zweimal sagen. Denn wenn Natias einen bittet, ihn ein Stück auf seiner Wanderung zu begleiten – dann ist das so etwas wie ein Ritterschlag. Gemeinsam trotten wir Richtung Platz der tausend Lieder, in dessen Mitte Vater Karl lebt.

Natias ist ein alter Brummesel. Und wenn er mal von irgendetwas oder über irgendjemanden eine Meinung hat, dann bleibt er auch dabei. Im Fall von KriKri heißt das: Er kann ihn nicht leiden. Und das bekomme ich auch jetzt wieder zu hören.

»Also tanzen kann dieser Hahn ja so was von ü-ber-haupt nicht.« Der Esel bläht seine Nüstern. »Der sieht aus wie eine betrunkene Ente.« Natias macht ein paar unbeholfene Hüpfer, beugt den langen Hals und tut so, als würde er seine vier Beine miteinander verknoten. Das Geräusch, das aus seinem Maul kommt, ist eine wilde Mischung aus Iah und Kikeriki. Ikrikaaa! Ich muss lachen. Natias fühlt sich offensichtlich bestätigt, denn jetzt zieht er auch noch über die Gesangstalente des Federviehs her. Es ist nicht gerade nett, aber als er KriKri singend nachmacht, pruste ich los. DAS klingt nun wirklich und wahrhaftig scheußlich. Natias bleibt abrupt stehen. »Gefällt dir das nicht?« Er sieht mich auffordernd an.

»Äh.« Oha. Jetzt nur nichts Falsches sagen, Masita! Ich überlege krampfhaft und stammele dann etwas von kraftvoll, interessant und außergewöhnlich.

»Na bitte!« Der Esel scheint zufrieden zu sein und erlaubt mir, weiter an seiner Seite zu gehen. Wir überqueren eine saftige Wiese, die über und über mit sonnengelben Blumen getupft ist. Dann quetschen wir uns durch eine Mauer von Büschen, die aber so weich sind, dass sie fast wie Moos wirken. Der Wald wird immer dichter, aber wenn wir immer geradeaus gehen, landen wir automatisch auf dem Platz der tausend Lieder. Meine Laune steigt mit jedem Schritt, und auch Natias summt fröhlich vor sich hin. Diesen Moment, beschließe ich, muss ich ausnutzen und sage unvermittelt: »Natias, du kommst doch überall rum im Wolkenparadies!«

Er lächelt mich an und lässt den großen Kopf vor und zurück schwingen. »Warst du schon mal dort, wo unser Land an jenes Gebiet grenzt, das verschwunden ist?«

Natias rammt die Hufe in den Boden und reißt die Augen auf. »Darüber dürfen wir nicht sprechen«, flüstert er.

»Und warum nicht? Und bitte, bitte jetzt nicht wieder die Leier von wegen ich sei zu jung!«

»Scht! Dunkle Gedanken ziehen Dunkles an!«

»Oh Mann, Natias. Ich schwöre beim heiligen Steinkreis: Ich werde keinen Pieps an niemanden niemals nie nicht verraten!«

Na, wenn das nicht wirkt. Der magische Steinkreis ist mit das Wichtigste im Wolkenparadies. Auch ich habe dort mein Einweihungsritual erlebt und erinnere mich noch lebhaft und in Farbe an jenen Tag.

Dunkle Gedanken ziehen Dunkles an

»Alter Falter! Einfach so überallhin reisen, wo man gerade hin will. Feine Sache! Funktioniert nur leider in der Erdenwelt nicht. Fast nicht. Snoopen kannst du mit dem Wichtigsten, das du hast – deiner Fantasie. Dazu brauchst du dein Herz. Deinen Kopf. Und ein bisschen Mut, um dir alles auszudenken, was du willst. Jeden Ort, jedes Gefühl.«

Mein Vater war seit einigen Monaten verschwunden. Aber noch nicht so lange, dass Mama nicht noch gesprochen hätte. Das Klavier hat sie trotzdem nicht angefasst. Sie hat das Instrument nicht einmal mehr angesehen. Mit der Zeit wurde die graue Staubschicht auf dem glänzenden Holz immer dicker. Einmal habe ich mit dem Finger ein Herz hineingemalt. Am nächsten Tag war das Klavier unter einem großen Tuch verschwunden. Aber: Zu jener Zeit schlich sich sogar noch ein Lächeln in Mamas Gesicht. Und zwar immer genau dann, wenn wir beide vor unserem Haus in der Sonne saßen und in jene Richtung blickten, in die mein Vater weggegangen war an jenem Tag. Fast schien es mir, als könnte ich noch seine Fußspuren im taufeuchten Gras sehen, sein letztes Winken, den traurigen, aber auch entschlossenen Blick in seinen Augen. Und wenn ich die Augen zumachte, fühlte ich seine Hand auf meiner Stirn. Das waren jene Momente, in denen ich singen musste. Ich wollte es manchmal gar nicht, um meine Mutter nicht zu stören in ihren Gedanken. Aber ich konnte nichts gegen die Melodien tun, die sich erst in meiner Brust und dann in meinem Kopf formten. Sie mussten raus. Natürlich versuchte ich, sie nur zu summen, aber irgendwann waren die Töne so greifbar, so echt, so fröhlich, so geträumt – alles auf einmal. Ich musste sie ganz einfach laut singen.

Und in genau so einem Moment kam damals Tante SoSo um die Ecke. Gelaufen, ausnahmsweise. Sie sah meine Mutter an. Die fixierte ihre Schwester. Ich sah beide an. Verstummte.

»Sie ist so weit«, sagte meine Tante. Und meine Mutter nickte nur. Dann sahen sie mich an. Mutter drückte mir einen Kuss auf die Stirn, pflückte eine schneeweiße Lichtblume von den Ranken, die an unserem Haus emporkrochen und es wie einen Mantel einhüllten, und nahm mich an der Hand.

Ich hatte keine Ahnung, wohin die beiden mit mir wollten. Die Wege, die wir gingen, kannte ich nicht. Es ging durch einen Wald, an einem Fluss entlang, einen Berg hinauf und einen anderen hinunter. Und die ganze Zeit sagte keine der beiden auch nur ein einziges Wort. Schließlich kamen wir an eine Lichtung. Tante SoSo bog die letzten Blätter, die uns von dem gleißenden Sonnenlicht trennten, zur Seite und sagte: »So.« Dann gab sie mir einen kleinen Schubs, und ich stolperte ins Helle. Erst war ich wie geblendet, aber dann sah ich, dass ich umgeben war von Steinen, die größer waren als alle Häuser, die ich jemals gesehen hatte. Einer der grauen Riesen, die alle viel höher als breit waren, erreichte beinahe die Größe von Vater Karl.

»Was ist denn?«, rief ich.

Meine Stimme hallte vom kalten Stein wider. Aber von meiner Mutter oder meiner Tante war nichts zu hören. Ich machte ein paar Schritte rückwärts. Das hier war irgendwie unheimlich. Ich wollte durch die Büsche zurück zu meiner Familie, aber als ich die grünen Blätter berührte, verloren sie auf einen Schlag alle Farbe und wurden grau wie Stein. Und genauso hart.

»Mama? Tante SoSo?«

Keine Antwort.
Mist.
Ich beschloss, mich zusammenzureißen. Und sagte mir, dass ich sicher nicht in Gefahr sei. Meine Mutter würde nie zulassen, dass mir etwas passierte. Ich sah mir die Steine genauer an. Sie waren glatt und kühl. Wenn man nähertrat, unterschieden sie sich in einigen Winzigkeiten. Der eine war ein wenig heller, der andere einen Tick dunkler. Einer hatte feine Adern, ein anderer winzige Punkte, und in wieder einem anderen Stein erkannte ich graue Federn auf grauem Grund. Es dauerte ganz schön lange, bis ich mir alle hundert Steinriesen angeschaut hatte. Die Sonne lugte mittlerweile nur noch über die Kuppen der Riesen ganz im Westen, und ich fröstelte. Ich lehnte mich an einen Stein, und dann war das Gefühl wieder da: Ich musste ganz einfach die Melodie aus meinem Herzen rauslassen. Sie war da, auf einmal. Und bahnte sich ihren Weg durch meinen Hals, an meinen Lippen vorbei. Die Steine warfen meinen Gesang wie ein Echo zurück. Und dann geschah es:
Die Steine begannen zu leuchten. Ganz zaghaft erst. Zunächst schlich sich vom einen ein sanftes Blau auf die Mitte im Kreis, vom anderen ein zartes Rot. Dann leuchtete ein knalliges Grün auf. Ein sattes Braun. Irgendwann strahlten alle Steine, als hätte jemand in ihrem Inneren Tausende bunter Kerzen angezündet. Der Stein aber, der am allerhellsten schien, warf meinen Gesang zurück, gab Töne von sich, die ich so bislang nur in meinem Herzen gehört hatte. Sein Türkisblau zog mich magisch an.
Das alles machte mir zu meinem eigenen Erstaunen keine Angst.
Es war gut.
Einfach gut.
Ich ging auf das schönste Türkisblau zu, das ich jemals gesehen hatte. Und erschrak kein bisschen, als ich eine Stimme aus dem Inneren des Riesen hörte.
»Du bist so weit, Masita.«
Ja, dachte ich. Weil es gut war.

»Du hast deine eigene Melodie gefunden. Nun bist du angekommen im Wolkenparadies. Willkommen im Leben!« Der Stein flimmerte, die Luft um ihn herum flirrte. Dann gab es ein Knirschen, ein Wummern. Ich machte einen Satz rückwärts – und das keinen Augenblick zu früh, sonst wäre mir der faustgroße, türkisfarbene Steinbrocken auf den Kopf gefallen. So aber landete er vor mir im Gras. Ich hob ihn auf. Er war heiß, aber er verbrannte mich nicht. Eiskalt, ohne dass ich fror. Und er verstärkte die Töne und Klänge in meinem Inneren. Ich sang wie noch nie zuvor, und während die Steine um mich herum wieder verblassten und grau wurden, leuchtete »mein« Steinriese noch eine ganze Weile. Irgendwann wurde auch er wieder zu einem grauen kalten Klotz. Aber der Stein in meiner Hand behielt seine Farbe. Und ich wusste, ohne dass es mir jemand sagte, dass ich ihn zum Platz der tausend Lieder bringen und an den Wurzeln von Vater Karl begraben musste.

Tja, dieses Einweihungsritual ist lange her. Aber ich werde nie im Leben auch nur eine Sekunde davon vergessen.

Das ahnt Natias sicher, denn er scheint meinen Schwur ernst zu nehmen. »Also gut«, schnaubt er schließlich. »Aber dunkle Gedanken ziehen Dunkles an.« Er sieht mich warnend an. Ich streichele ihm beruhigend über den Hals und kraule ihn genau so am linken Ohr, wie er es am liebsten hat.

»Natias, bitte«, flüstere ich gegen sein weiches graues Fell. Der Esel macht ein paar Schritte vorwärts. Ich folge ihm. Und während wir uns dem Platz der tausend Lieder nähern, sagt er mir: »An dieser Grenze zum verschwundenen Land wird es auf einen Schlag sehr dunkel. Plötzlich wird alles schwarz um einen herum. Man sieht nichts. Man hört nichts. Man riecht nichts. Es ist unheimlich.« Er schüttelt sich. »Und wenn man einen Schritt weitergeht … ist man selbst ein Nichts. Man fällt. Und fällt. Und fällt.«

Das klingt nicht schön. Trotzdem will ich wissen, wie das Land dort zum Nichts wurde. »Warum ist die Erde dort verschwunden?«, frage ich den Esel.

»Ich sage nichts mehr.« Natias schiebt mit dem Maul eine Schlingpflanze zur Seite, die sich über den schmalen Pfad ringelt.
»Ooooch«, mache ich und kraule seinen Rücken.
Aber davon lässt der sture Natias sich nicht beeindrucken. Er gähnt herzhaft, als wir den großen Platz erreichen.
»Meine Knochen sind nicht mehr die jüngsten«, verkündet er und lässt sich unter einem süß riechenden Quetschbeerenbusch auf die vier Knie sinken. »Ich muss erst mal ein Schläfchen machen.«
Wieder gähnt er. Ziemlich ansteckend. Ich gähne zurück und streichele ihm noch einmal über die Ohren. Dann gehe ich zu Vater Karl.

> »Die alte Prophezeiung sagt:
> Alle tausend Jahre muss ein Wesen voller
> Mut die große Prüfung wagen« Vater Karl

»Alter Falter! ›Dunkle Gedanken ziehen Dunkles an.‹ Heftig. Denk mal darüber nach. Wenn aus Schwarz nur Schwarz kommt … dann müsste aus Hellem viel Licht kommen. Kapiert? Denk mal fröhlich. Und schau in den Spiegel. Lächle dich selbst an. Merkst du was? Du fühlst dich sofort besser. Warum? Ganz einfach: Du bestimmst, wie du dich fühlst. Du bist fröhlich. Und triffst glückliche Menschen. Wenn du eine Flunsch ziehst, siehst du nur schlecht gelaunte Leute. Du willst Sonne, auch wenn es regnet? Stell sie dir vor. Und lache den Regen einfach weg.«

Ich bin wirklich müde. Ein Blick gen Himmel zeigt mir, dass es die perfekte Zeit für ein klitzekleines Schläfchen ist.
»Yucce va!«, begrüße ich den mächtigen alten Baum und lege meine Hand an seine grobe Rinde.
»Yucce va!«, antwortet Vater Karl und lässt seine Blätter rascheln. Ich blicke nach oben. Über mir kann ich den Himmel nicht mehr erkennen, Vater Karls Blätter erstrecken sich so weit, dass man meint, unter einem Firmament aus herzförmigen Blättern zu stehen. Sie faszinieren mich, seit ich denken kann. Hat Vater Karl gute Laune, dann sind sie hellgrün. Geht ihm etwas gegen die Wurzel, werden sie so dunkel, dass sie beinahe schwarz erscheinen. Und wenn er sich richtig freut, dann

leuchten sie sogar. Und das sieht dann aus wie ein Himmel voller blinkender, hellgrüner Herzen. Im Moment allerdings sind sie normal. Was ich mal als gutes Zeichen werte. In Gedanken frage ich ihn, ob ich an ihm hinaufklettern darf. Und er antwortet mit einem Brummen und Summen aus dem Inneren des Stammes.
Vorsichtig hangele ich mich an der Rinde entlang nach oben. Vater Karls Borke ist so grob, dass sie beinahe Stufen bildet, und so ist es nicht schwer, immer höher und höher zu gelangen. Den Weg zu meinem Lieblingsast würde ich auch im Schlaf finden. Als ich meinen Platz auf halber Höhe erreiche, kuschele ich mich in die Kuhle zwischen breitem Ast und Stamm. Und staune wieder einmal, wie perfekt ich hineinpasse. Das war schon so, als ich noch viel kleiner war, und ich vermute, dass diese Kuhle mit mir mitwächst. Jedenfalls war es noch keine Minute lang unbequem hier oben.
Als ich meine Wange an ein blumenförmiges Astloch lege, geht Vater Karls Vibrieren auf mich über. Ich höre ein gemütliches Summen und Brummen, lasse mich davon einlullen und schließe die Augen.
Ich falle.
Werde durch die Luft gewirbelt.
Bemerke tausend Farben, die ich noch nie zuvor gesehen habe.
Ich stehe auf dem Kopf.
Ich falle.
Dann wird es kalt. Grau. Und ich lande mit dem Hintern voraus auf einer harten grauen Fläche.
Autsch!
Obwohl ich weiß, dass das nur ein Traum ist, wieder nur dieser eine Traum, gelingt es mir dieses Mal, die Traum-Masita zum Aufstehen zu bewegen. Sie sieht sich um und tatsächlich: Hinten an der Ecke steht der Junge. Seine Augen werden größer und größer, ziehen mich in ihren Bann. Und das fühlt sich so gut an! Die Traum-Masita geht auf den Jungen zu. Er blinzelt, und mir wird kribbelig warm. Dann streckt er seine Hand nach mir aus. Ich reiche ihm meine, und schon bevor

unsere Fingerspitzen sich berühren, zucken tausend winzige, fröhliche Blitze durch mein Herz.
Etwas kitzelt an meiner Nase. Ich versuche, es zu verscheuchen.
Und wache auf.
Schade.
Ich blinzele, gähne und klaube ein herzförmiges Blatt von meinem Gesicht. Es ist irgendwie schlaff und an den Rändern braun. Komisch. So etwas kenne ich nur von anderen Pflanzen, wenn sie das Blätterkleid im Laufe der Jahreszeiten wechseln. Bei Vater Karl war das Laub immer und immer knallgrün. Während ich das Blatt am Stiel hin und her drehe, höre ich ein Seufzen aus dem Inneren des mächtigen Stammes.
»Warum träume ich eigentlich immer denselben Traum?«, frage ich den alten Baum. »Da war wieder dieser Junge. Er war … irgendwie echt. Ganz lebendig. Ja, ich weiß, das klingt komisch. Aber die ganze Träumerei ist komisch.«
Vater Karl kichert, dann wird er aber sofort wieder brummig und ernst. Das mag ich ja so an ihm. Egal mit welchen verqueren Ideen man zu ihm kommt, er nimmt einen immer ernst. Hört zu. Und weiß immer eine Lösung. Na ja, manchmal mag ich seine Antworten auch nicht. Wenn er zum Beispiel Tante SoSo recht gibt und mir mitteilt, dass ich sehr wohl meine Hausaufgaben zu machen habe. Aber darum geht es im Moment ja nicht!
»Gibt es diesen Ort wirklich? Existiert dieser Junge irgendwo?«, will ich von Vater Karl wissen.
Er antwortet mit einem wellenartigen Rauschen der Blätter, ehe er spricht.
»Manches muss man suchen, um zu finden, Masita.«
»Also gibt es diese andere Welt? Der Junge existiert wirklich?« Mein Herz galoppiert, und in meinen Ohren rauscht das Blut. Wenn das so wäre … wie aufregend!
Als Antwort bekomme ich ein tiefes Summen, das aus der Mitte des Stammes vibriert. Ich werte das mal als »Ja«.

»Ja, dann! Wie komme ich dahin?« Wenn einer das weiß, dann Vater Karl.

»Es ist gefährlich, Masita«, sagt der alte Baum.

Innerlich verdrehe ich die Augen. Bitte nicht schon wieder die Leier mit »Dazu bist du noch zu klein«! Aber Vater Karl ist zum Glück anders als meine Mutter oder Tante SoSo.

»Wenn du dorthin reisen willst, dann bist du ganz auf dich allein gestellt«, gibt Vater Karl zu bedenken und klingt dabei irgendwie besorgt. Ich beschließe, den Unterton zu überhören. Schließlich ruft mich der Junge doch, irgendwie. Und irgendwie war ich doch schon so oft dort, jede Nacht im Traum. Ich springe auf, lege beide Hände an Vater Karls Rinde und flüstere ihm zu: »Ich werde gehen und diese andere Welt finden.«

Kaum habe ich das letzte Wort gesprochen, flattern alle Blätter. Manche beginnen zu leuchten, andere werden so dunkel wie die Nacht. Das habe ich noch nie gesehen, und ehrlich gesagt – es ist ein bisschen erschreckend. Aber daran kann ich jetzt nicht denken, denn am Horizont sehe ich Farben. Tausend Farben. Die Farben aus meinem Traum. Sie flirren durcheinander, vermischen sich neu und dann spannen sie sich wie ein Regenbogen über das Land.

Boah! Ist das schön!

»Boah! Ist das schön, Vater Karl!«

»Ja, das ist es.« Der alte Baum schmunzelt. »Das ist die Regenbogenbrücke, Masita. Der Übergang zur Erdenwelt.«

So einfach ist das? Ich muss nur über eine Brücke aus tausend und abertausend Farben laufen und »zack!« bin ich genau dort, wo ich im Traum immer lande?

»Die Brücke bringt nur den zur Erde, der reinen Herzens ist«, brummt der alte Baum. Aha. Wusste ich doch, dass die Sache einen Haken hat.

»Ja, aber …«, sage ich, doch Vater Karl fällt mir ins Wort.

»Sie bringt auch nur den zurück, der dort unten auf der Erde reinen Herzens geblieben ist.«

Oh. Das klingt wie eine Sache mit mehreren Haken. Aber …
»Ich gehe trotzdem«, sage ich und bin selbst erstaunt, dass ich dabei kein winziges bisschen aufgeregt bin.
»Ich weiß.« Mehr sagt Vater Karl nicht. Seine leuchtenden Blätter werden wieder grün. Allerdings scheint er ein bisschen blass um die Blattspitzen zu sein. Ich hoffe, ich habe ihn nicht zu sehr erschreckt. Aber als ich die Hände an seine Rinde lege, fühlt sich das gut an. Fast wie immer. Nur nicht ganz. Denn jetzt weiß ich ganz genau, was ich tun werde. Und das ist ein richtig, richtig gutes Gefühl.

Seit immer, für immer

»Alter Falter! Denkt Masita echt, dass nur Menschen mit Vater Karl quatschen können? Da irrt sie sich. Raupler können das auch. Okay, beim ersten Mal hab ich mich total erschrocken. Ich wollte eben in ein saftiges Blatt beißen, als jemand ganz laut ›Autsch!‹ gerufen hat. Ey! Ich konnte mich gerade noch so am Stiel festhalten, sonst wäre ich runtergefallen.
Tja. Der ›Jemand‹ war Vater Karl. Und der hat sich förmlich ausgeschüttet vor Lachen, als ich da so schief am Blatt hing. Fand ich alles andere als lustig. Hab dann aber mal nachgedacht. Es ist nicht okay, die Blätter eines guten Freundes zu essen. Überhaupt ist es nicht fair, Freunden was wegzunehmen. Ich weiß also bis heute nicht, wie die Blätter von Vater Karl schmecken. Macht aber nix. Quetschbeerenblätter sind auch voll lecker.«

Das Beste an meiner Idee ist: Ich komme um eine Menge Hausaufgaben rum. Na gut, einen kleinen Teil kann ich ja erledigen. Ich schicke Tilda, Flo und Amy eine Nachricht. Das kann ich schon ganz gut, Gedankenbriefe kommen meistens an. Für diesen imaginiere ich ein hellblaues Papier. An den Rand male ich im Kopf lauter weiße Blumen. Sieht schick aus. Dann stelle ich mir dunkelgrüne Tinte vor, dazu eine mit blauen Sprenkeln betupfte weiße Feder. Leider kleckst die, obwohl ich mich sehr, sehr konzentriere. Und leider kann meine Feder das mit der Rechtschreibung nicht so gut. Aber nach kurzer Zeit habe ich die Nachricht an die BoomBoom Roses fertig:

»Hallo Tilda, Flo und Amy,
ich muss etwas Wichtiges mit Euch besprächen. Bitte komt ale
zum Mahgischen Steinkrais. Ich warte dord auf Euch.
Eure Masita«

Neben meinen Namen male ich noch eine Flöte und drei Herzchen, für jede Freundin eins. In das für Tilda zeichne ich eine Triangel, in jenes für Flo Kastagnetten (die leider aussehen wie dicke Käfer), und Amys Herz verziere ich mit einem Tamburin. Dann falte ich im Kopf den Brief zusammen und schicke ihn gedanklich dreimal durch die Luft. Dabei muss ich aufpassen, dass ich wirklich nur an die Roses denke, sonst landet die Nachricht womöglich noch bei meiner Mutter oder Tante SoSo. Und DIE geht das erst mal gar nichts an.

Immerhin habe ich jetzt einen von drei Hausaufgabenteilen erledigt.

Nummer zwei: Ich snoope mich zum magischen Steinkreis. Also: Augen zu. Das Herz frei machen. Die Gedanken leeren. Und nur an den Ort denken, an den ich will. Ich atme tief ein. Aus. Wieder ein. Spüre, wie ein Vibrieren durch jede meiner Zellen geht. Wie ich mich auflöse, leicht werde. Durch die Luft flirre wie ein Sonnenstrahl. Und mich dann wieder zusammensetze.

»Masita! Wieso erschreckst du mich so?« Tante SoSo lässt den Holzlöffel fallen und fasst sich an die Brust.

Oh. Das hier ist nicht der Steinkreis. Das ist die Küche meiner Tante. Und da im Kupferkessel auf dem Herdfeuer brodelt eine Suppe, die so eklig riecht, dass sie sehr, sehr gesund sein muss. Irgendwie eine Mischung aus Stinkwurz, Käsefüßen und Schmalzbohnenharz. Ich schüttele mich und hebe den Löffel auf. Tante SoSo ist viel zu rund, um sich zu bücken.

»Ich, äh … Hausaufgaben!«, stammele ich, als ich ihr den Löffel reiche. Sie schnappt ihn sich, wischt ihn an ihrer Schürze ab und fixiert mich aus zusammengekniffenen Augen.

»So, so«, sagt sie.
»Ich muss dann … äh … weiter Hausaufg…« Zum Glück schaffe ich es, mich genau in dem Moment wegzusnoopen, als meine Tante mit der Kelle etwas von der widerlichen Tinktur schöpft.
Dieses Mal komme ich ohne ungewollten Umweg am Steinkreis an. Und alle drei Roses sind schon da! Ich gebe mir selbst einen Punkt auf der Gedankenpostskala.
»Was grinst du denn so?« Tilda lehnt am Amethyst. Die Sonne erhellt den violetten Riesenstein von hinten, sodass es aussieht, als würde Tilda selbst leuchten. Allerdings beißt sich das Rosa ihrer Klamotten mit dem Lila. Ich antworte nicht, sondern gehe an Amy und Flo vorbei. Amy hat es sich am Fuß des Bergkristalls gemütlich gemacht und pult einen Faden aus ihrem geringelten Pullover. Flo stützt sich am Lapislazuli ab. Die dunkelblauen Steinadern passen perfekt zu den Federn, die an ihren Ohren baumeln.
»Kommt mal alle mit«, fordere ich die drei auf und betrete den Steinkreis. Jetzt, an einem normalen Tag, stehen hier nur große graue Riesen. Mit der Magie vom Einweihungsritual hat das absolut nichts zu tun. Ich habe damals versucht, meinen Freundinnen zu erklären, was hier geschehen ist. Aber sie wollten es nicht glauben. Kein Wunder – keine von den drei BoomBoom Roses war schon so weit. Tante SoSo sagt, sie haben ihre Herzensmelodie noch nicht gefunden. Und ohne diese Melodie, die in jedem Menschen wohnt, beginnen die Steine nicht zu leuchten. Tilda, Amy und Flo sind noch auf der Suche. Aber ich bin sicher, sie sind auf dem besten Weg.
»Ich hoffe wirklich, dass es wichtig ist.« Flo zwirbelt eine Strähne ihrer schwarzen Haare um den Finger. »Ich war gerade dabei, ein paar neue Schmuckstücke zu entwerfen.« Sie faltet ihre langen Beine umständlich zusammen und lässt sich im Schneidersitz neben den anderen beiden nieder. Tilda nestelt einen Muffin aus ihrem Beutel und teilt das rosa Gebäck in vier Teile. Wir essen schweigend, und das zuckersüße Kuchenstück beruhigt meine Nerven. Ich räuspere mich. Sehe eine

nach der anderen an. Und muss lachen, als Amy die Augen verdreht. Aber das Lachen ist nur ganz kurz, denn als ich zu sprechen beginne, wird mir ganz … dunkel ums Herz. Es ist auch nicht gerade ein Spaziergang, was ich mir da vorgenommen habe.

»Ich wollte mich von euch verabschieden«, platze ich raus. Ich wage es nicht, die drei anzusehen, sondern starre eine dicke grüne Raupe an, die an einem Grashalm knabbert. Insekt müsste man sein – dann hätte man keine Probleme! Und könnte den ganzen Tag essen, essen, essen, weil man ja dick werden muss, um irgendwann ein Schmetterling zu werden. Schmetterlinge haben wohl auch ein schönes Leben. Flattern von Blüte zu Blüte, trinken süßen Nektar, lassen sich von der Sonne wärmen und sehen grandios aus. Wenn ihnen was nicht passt, können sie einfach davonfliegen. Hach.

»Du bist doch gerade erst gekommen!« Tilda schüttelt den Kopf, sodass ihre blonden Locken um ihr rosiges Gesicht tanzen. Amy verdreht die Augen.

»Ich glaube, sie meint was anderes«, sagt Flo und ahmt dabei Tante SoSo nach. Wir müssen alle kichern.

»Und was bitte schön?«, will Tilda wissen. »Willst du verreisen? Sind doch gar keine Ferien!«

»Na ja, so ähnlich«, druckse ich rum.

»Und wohin?« Flo gibt sich betont langweilig, aber ich weiß genau, dass sie vor Neugier beinahe platzt. Die kleine Raupe hat mittlerweile das ganze Blatt verputzt und macht sich an das nächste.

»Das kennt ihr nicht.«

»Quatsch! Wir kennen alles, was du auch kennst!« Womit Amy ja eigentlich recht hat. Wir sind zusammen aufgewachsen. Haben gemeinsam das Wolkenparadies erkundet. Erobert. Gesungen, musiziert, getanzt, gelacht, geheult. Und ein bisschen nach Heulen ist mir jetzt auch, als ich die BoomBoom Roses eine nach der anderen anschaue. Wer weiß, wie lange ich sie nicht sehen werde? Ob überhaupt? Mir wird ganz flau, und ehe ich es mir anders überlegen kann, platze ich raus: »Ich gehe zur Erdenwelt!«

»Zur Erdenwelt?!«, rufen alle drei wie aus einer Kehle. Flo tippt sich an die Stirn. Ich weiß, dass sie es nicht ganz verstehen werden. Aber erklären muss ich es trotzdem. Irgendwie.

»Ja, also, das ist so …« Ich hole tief Luft. »Immer wenn ich bei Vater Karl bin, habe ich denselben Traum. Immer und immer wieder das Gleiche. Immer und immer wieder taucht darin die Erdenwelt auf.« Von dem Jungen sage ich mal lieber nichts.

»Ja, und?« Tilda kratzt sich am Kopf. »Das heißt doch nichts.«

»Genau«, stimmt Amy ihr zu. »Wer sagt denn schon, dass du da hinmusst, nur weil du das im Traum siehst? Ich träume auch öfter mal von einem eiskalten See. Was ja nicht heißt, dass ich dann gleich da reinspringen muss.«

»Niemand anders sagt, dass ich dorthin muss«, gebe ich zu.

»Na also.« Flo seufzt.

»Aber ich sage das.«

Flo seufzt noch mal.

»Mein Herz sagt das«, erkläre ich und hoffe, sie verstehen mich. »Und Vater Karl meint, wenn mein Herz es sagt, soll ich meinem Herzen folgen.«

Amy schnaubt. »Der alte Baum hat vielleicht langsam Moos im Kopf!«

»Amy!« Ich mag es nicht, wenn sie lästert.

»Ach, ist doch wahr«, motzt sie. »Das ist völliger Quatsch. Mit Soße. Und Sahne.«
Ich stehe auf. Die kleine Raupe ist unter einem kreisrunden Blatt verschwunden, und ich hätte große Lust, mich auch zu verkriechen. Andererseits möchte ich, dass meine Freundinnen mich verstehen.
»Also für mich ist das so, als wenn ich etwas wegzauberte und nicht weiß, wie ich es wieder zurückzaubern kann«, erklärt Flo.
»Das machst du doch dauernd!«, ruft Tilda und lacht. Ich kichere mit.
»Am Ende kriege ich es aber immer wieder.« Flo reckt das Kinn vor.
»Entschuldige bitte, Masita, aber ich wette hundert Muffins, dass das nicht gut ausgehen kann.«
Na toll. Das ermutigt mich ja nun nicht gerade.
»Und woher willst du wissen, dass dich nicht irgendwelche Erdenbewohner … na ja, sagen wir mal … gefangen nehmen?«, orakelt Amy. »Ich hätte da Angst.«
»Hab ich nicht«, sage ich. »Na ja, vielleicht ein bisschen. Aber ich bleibe ja nicht ewig weg. Ich muss … also … ich glaube, ich habe da was zu erledigen.«
»Und wie lang soll das dauern?«, fragt Flo.
»Das weiß ich nicht«, gebe ich zu. Ich weiß nicht mal so genau, was ich erledigen will oder muss oder soll. Und ich weiß auch nicht, ob ich jemals wiederkomme. Von wegen reines Herz und so.
»Also mal ganz echt. Du kannst uns hier nicht einfach so hängen lassen!« Tilda sieht mich ernst an und stemmt die Hände in ihre kräftigen Hüften.
»Genau. Wir sind allerbeste Freundinnen!«, pflichtet Flo ihr bei. Und Tilda erinnert mich mit ernsten Augen an unseren Freundschaftsschwur.
»Seit immer, für immer!«, sagen jetzt alle drei.
»Das habe ich doch nicht vergessen!« Die Mädchen verschwimmen vor meinen Augen, und ich blinzle schnell die Tränen weg.
»Aber ich muss einfach.«
»Das ist superegoistisch von dir.« Tilda rappelt sich hoch. »Ich dachte,

wir machen alles gemeinsam. Aber wenn du einen Alleingang vorhast … ja, dann geh doch allein. Von einer allerbesten Freundin hätte ich was anderes erwartet.« Sie schnieft, dann macht sie auf der Hacke kehrt und rennt davon. So schnell, dass die Triangel in ihrem Beutel gegen die anderen Schätze klappert, die Tilda in dem kleinen Säckchen aufbewahrt. Ich schaue ihr fassungslos nach.

»Aber …«, will ich sagen. Amy und Flo springen auch auf.
»Wenn dir so ein komischer Traum wichtiger ist, bitte. Deine Entschei-

dung.« Flo stapft davon.

»Amy!«, flüstere ich.

Wenigstens eine könnte mich doch verstehen. Ich sehe, dass sie zögert. Aber dann strafft sie die Schultern.

»Such dir doch in der blöden Erdenwelt neue Freunde«, sagt sie. Und verschwindet.

Mist. Obermist. Oberobermist.

Ich hatte nicht wirklich erwartet, dass die drei mich verstehen. Wie auch, ich verstehe mich ja selbst nicht. Aber ein bisschen Zuspruch wäre doch nicht zu viel verlangt gewesen. Ich stehe auf. Ich seufze, gehe zu dem Lapislazuli und lehne meine Stirn dagegen. Die Tränen hören zwar nicht auf, aber ich vernehme Worte. Ich höre sie nicht. Ein Stein kann nicht sprechen. Aber sie rollen durch meinen Kopf, durch meinen ganzen Körper.

»Wenn man etwas wirklich will, dann muss man es auch tun. Egal was die anderen sagen.«

Das klingt gut.

Am liebsten würde ich eine lange Runde heulen. Aber das geht nicht. Ich habe noch genug zu tun heute.

Wenn man etwas wirklich will, dann muss man es auch tun. Egal was die anderen sagen

»*Alter Falter! Wenn du etwas wirklich, wirklich willst – dann mach es. Sehe ich wie Masita. Klar, im ersten Moment sind ihre Freundinnen stinkig auf sie. Aber auch wenn die drei angefressen sind, sie weiß genau, was sie will. Muss. Tun möchte. Weil es eben manchmal so ist, dass das Abenteuer in einem selbst liegt. Der beste Weg. Wir begleiten sie dabei!*«

Immerhin: Ich snoope ohne Umweg nach Hause. Und komme direkt im Wohnzimmer an, ohne Lärm zu machen. Mama liegt zusammengerollt wie eine Schnecke zwischen Kissenbergen. Durch das Fenster fällt ein dicker gelber Sonnenstrahl direkt auf ihr Gesicht. Sie ist wunderschön. Leider habe ich nicht ihre blonden Haare geerbt. Was ich in diesem Moment sehr bedaure, denn wenn die Sonne darauf fällt, glänzen sie wie Gold. Meine Haare sind ja eher rot. Nicht ganz rot, mehr mausbraun mit ein bisschen Rot. Keine schlechte Farbe, eigentlich. Aber eben auch kein glänzendes Gold.
Darüber kann ich mir jetzt aber keine Gedanken machen. Ich schleiche in mein Zimmer. Es ist nicht besonders groß. Die Wände sind in einem hellen Gelb gestrichen, auf dem Boden liegt ein flauschiger grasgrüner Teppich. Mein Bett sieht ein bisschen aus wie eine Blume. Ich erinnere mich dunkel, dass Papa es gebaut hat. Das Kopfteil ist aus weißem Holz

und geschnitzt wie ein zu groß geratener Blütenkelch. Daran schließt sich das Gestell an, das aus vier hölzernen Blättern besteht. Besonders stolz bin ich aber auf meinen Schreibtisch. Auch der sieht aus wie eine Blume. In Knallrot. Das vordere Blütenblatt lässt sich aufklappen, sodass eine Schreibfläche entsteht. Und wenn man am gelben Pollenknopf im Inneren dreht, öffnet sich ein Geheimfach. Aus dem nehme ich jetzt blassgrünes Papier, meine schönste Schreibfeder und die rostrote Tinte, die nach Rosen duftet. Die benutze ich wirklich nur zu ganz besonderen Anlässen. Und so ein Anlass ist jetzt.

Kurz hatte ich mir überlegt, Mama auch einen Gedankenpostbrief zu schicken. Aber das hätte sie womöglich aufgeweckt, und es ist definitiv besser, wenn sie weiterschläft. Als ich die Spitze der weißen Feder in das kleine Tintenfass tauche, entströmt ihm ein herrlicher Duft. Ich schnuppere. Und dann finden sich die Worte von ganz allein.

»*Liebe Mama,*
bitte sei mir nicht böse, dass ich fortgegangen bin. Sei nicht traurig. Ich kann es nicht aushalten, wenn du so traurig bist!
Aber ich kann nicht anders. Es ist nicht, weil Vater Karl oder sonst jemand es mir gesagt hätte. Es ist mein Herz, das mit mir spricht. Ich muss gehen. Auch wenn ich ehrlich gesagt keine Ahnung habe, warum. Wenn ich in der anderen Welt bin, werde ich es wohl erfahren. Ich komme wieder, Mama, ich lass dich nicht allein. Das verspreche ich dir! Und dann werden wir ganz viel zusammen lachen, und du kannst tanzen, wenn ich Flöte spiele. Oder wir singen zusammen. Versprochenes, dickes, fettes Ehrenwort!
Ich hab dich sehr, sehr lieb. Bis zum Himmel und zurück.

Deine Tochter Masita«

Oh nein! Jetzt ist eine Träne direkt auf das Wort »lachen« gefallen. Die Tinte ist verschwommen und sieht aus wie ein Blutfleck. Aber man kann

es noch lesen. Ich puste die Tinte trocken, falte den Brief zusammen, schaue mich noch mal in meinem Zimmer um. Keine Ahnung, wann und ob ich jemals wieder in meinem Bett schlafen werde. Dann schleiche ich an Mama vorbei, die irgendetwas im Traum murmelt. »Doif Scödtyof« glaube ich zu hören. Auch sie spricht die Geheimsprache der Wolparianer. Wenn auch nicht so perfekt wie meine Freundinnen und ich. Das ist ja das Geheimnis der Geheimsprache – Kinder beherrschen sie perfekt, Erwachsene vergessen das meiste, wenn sie älter werden. Ob mir das auch mal so geht?
Den Brief lege ich auf den bunten Schrank neben der Haustür. Und noch eine Blume aus meinem Haar. Sie ist rot wie die Tinte. Ich hole tief Luft, lege die Hand auf mein Amulett und öffne die Tür.
Nicht schon wieder! Heute habe ich einen Lauf mit Tante SoSo. Beinahe hätte ich sie umgerannt, stattdessen werfe ich mich ihr an den Hals. Na ja, ich pralle gegen ihren Bauch. Der zum Glück weich ist. Jetzt nämlich bin ich froh, sie zu sehen und gleichzeitig weich zu landen. Und das nicht, weil ich so ganz nebenbei meine Hausaufgaben erledigt habe. Mir ist nämlich auf einmal ziemlich … flau. Das ist ganz eindeutig Bammel. Ziemlich großer sogar.
»So, so, schon wieder in Eile?« Meine Tante riecht so intensiv nach Kräutern, dass sich meine Nase von ganz allein kräuselt. Ich muss mich echt anstrengen, um ihr nicht mitten ins Gesicht zu niesen.
»Weinst du?«, fragt sie mich.
»Nein, ich rieche nur.« Und dann schniefe ich doch. Zweimal feste mit den Augen zwinkern hilft aber, um die Tränen gar nicht erst fließen zu lassen. Dann lasse ich meine Tante los.
»Weißt du es schon?«, frage ich vorsichtig. An ihrem Blick erkenne ich, dass sie natürlich Bescheid weiß. Wie könnte es auch anders sein. Bei uns im Wolkenland spricht sich alles immer schnell herum. Meistens ist das ja praktisch, aber in meinem Fall hätte ich gern auf eine große Abschiedsszene verzichtet.
»Natürlich weiß ich Bescheid.« So sanft klingt SoSo selten.

Ich weiß nicht, ob das gut oder schlecht ist.
»Hast du mit deiner Mutter gesprochen?«, will sie wissen. Ich kann nur mit dem Kopf schütteln.
»Ich … nein«, gebe ich zu. Und versuche, meiner Tante zu erklären, warum. »Ich hatte Angst, dass sie mir verbietet zu gehen. Und wenn sie weint, dann … dann hätte ich mich vielleicht nicht getraut zu gehen.«
Tante SoSo nickt. Sie kennt ihre Schwester.
»Aber ich habe ihr einen Brief geschrieben«, füge ich hinzu. »Kannst du auf sie aufpassen?«
Bei Tante SoSo ist meine Mutter in den besten Händen, das weiß ich. Meine Tante nickt und macht dann etwas, was ich unter normalen Umständen ü-ber-haupt nicht leiden kann: Sie streichelt mir über den Kopf, wie man das bei ganz kleinen Kindern macht. Aber jetzt fühlt es sich gut an. Die mulmigen Gedanken werden ein bisschen weniger. Allerdings bleibt die Angst. Ich weiß nicht, was mich erwartet. Und was, wenn es mir wie meinem Vater geht, der gegangen und nie wiedergekommen ist? Ich verbiete mir selbst, daran zu denken. Es wird schon gut gehen. Irgendwie. Ich muss es nur ganz fest denken. Dunkle Gedanken ziehen Dunkles an. Und das kann ich ganz und gar nicht gebrauchen.
»Ich werde dich vermissen«, flüstert Tante SoSo. »Ich dich auch«, will ich sagen, aber mir bleibt die Luft weg, als sie mich an ihren dicken Bauch drückt. Meine Nase steckt fast in ihrem Bauchnabel. Ich mache mich los. »Das wird seltsam sein beim Morgenritual ohne dich. Und in der Schule auch.«
»Hmpfhffff«, nuschle ich. Dann schiebt sie mich von sich.
»Ich gehe besser zu deiner Mutter. Es ist nicht gut, wenn sie aufwacht und den Brief liest, wenn keiner sie trösten kann.«
Das finde ich eine sehr, sehr gute Idee. Sagen kann ich das nicht, denn der Kloß in meinem Hals ist viel zu dick.
»Warte!« Tante SoSo nestelt im Lederbeutel herum, der an ihrem Gürtel hängt. Bitte keine bitteren Kräuter!

Aber dann legt sie mir einen glatten Stein in die Hand. Als er meine Haut berührt, leuchtet er in einem ganz sanften, warmen Blau.

»Oh!« Er sieht wunder-, wunder-, wunderschön aus.

»Dieser magische Stein wird dich stärken und mit deinem Herzen verbinden, wenn du es brauchst. Trage ihn immer bei dir«, erklärt mir Tante SoSo. »Mehr kann ich nicht für dich tun.« Sie zuckt mit den Schultern. »Und Masita, denke immer daran: Auf der Erde wirken unsere magischen Fähigkeiten nicht so stark wie hier. Auch nicht das Snoopen. Manchmal funktioniert unsere Magie auch gar nicht.«

»Oh. Snoopen habe ich doch gerade erst gelernt!« Mist. Hausaufgaben umsonst gemacht. Tante SoSo wischt sich eine Träne ab und lächelt schief. »Egal was passiert, höre immer auf dein Herz«, flüstert sie mir ins Ohr und haucht mir einen Kuss auf die Stirn. Was ich an normalen Tagen total eklig finde, aber jetzt tut es gut. Dann umschließt sie meine Hand und den Stein mit ihren beiden warmen, weichen Händen und murmelt: »Vuk Xalo, ok ikl iddoj vu – das Gute, es ist immer da ... vuk joiwo yoir ikl iddoj puyi – das reine Herz ist immer wahr.«

Kaum hat sie das letzte Wort gesprochen und lässt meine Hand los, beginnt der Stein zu pochen. Wird warm. Und strahlt immer blauer, wird so dunkelblau wie der Nachthimmel, wenn der Vollmond ihn erhellt. Ich habe verstanden und lege den Stein vorsichtig in meinen kleinen Beutel, den ich besitze, seit ich denken kann. Das feine Tuch fühlt sich samtig an, wenn ich darüberstreichle.

Es klackert leise, als der Stein auf den Aquamarin trifft, den ich beim Einweihungsritual bekommen habe. Der Zettel meines Vaters, auf dem in verblasster Tinte »Für mein Blümchen« steht, liegt ganz unten im Beutel.
Neben der mit einem roten Band zusammengehaltenen Haarlocke meiner Mutter.
»Danke, Tante SoSo! Ich hab dich lieb.«
Ehe ich gehe, drücke ich meine Tante noch einmal ganz, ganz fest. Und jetzt kann ich nichts mehr tun, ein paar dicke Tränen rollen über meine Wangen. Tante SoSo schiebt mich sanft von sich weg.
»Mögen alle guten Geister dich beschützen, Masita. Uccok xalo.« Dann dreht sie sich auf dem Absatz um und geht ins Haus.

Wohin die Winde dich auch tragen,
du kannst immer dein Herz befragen.
Lass es dein Kompass sein

»Alter ... Falter ... heul! Hast du mal ein Taschentuch für mich? Mist. Ich mag Abschiede nicht. Nicht im Fernsehen. Nicht in Büchern. Und im echten Leben schon gar nicht. Taschentuch? Unbenutzt? Danke. Ich muss mal kräftig rotzen. Mit dem Lappen winke ich Masita aber nicht hinterher. Wäre peinlich. Am besten, du und ich, wir kommen mit ihr mit. Wer weiß schon, ob sie uns nicht bald braucht?«

Wummbummbumm.
Wummbummbibumm.
Bumm. Bumm.
Ein ziemlich cooler Rhythmus, den mein Herz da macht. Dazu würde mir sofort eine Melodie einfallen. Meine Finger zucken schon, als hätte ich meine Flöte in der Hand. Ja, ich könnte zum Takt meines Herzens einen Song spielen. Wenn ich denn einen klaren Kopf hätte. Den habe ich aber nicht, denn als ich bei Vater Karl ankomme, bin ich erstens außer Atem, und zweitens ist in meinem Gehirn alles wie eine Mischung aus Kartoffelbrei und Brause. Und ... ich bin traurig. So traurig, dass ich beinahe meine Angst vergessen kann. Als ich die Hand auf Vater Karls Rinde lege, werde ich ein bisschen klarer im Kopf, und der Takt in meinem Herz beruhigt sich. In Gedanken lasse ich das Gespräch mit

den BoomBoom Roses noch einmal Revue passieren. Bin ich wirklich eine so schlechte Freundin? Vielleicht haben die drei recht, und es ist ganz einfach nur egoistisch von mir, hier alles stehen und liegen zu lassen und zu verschwinden.

Ein braunes Blatt segelt herab und bleibt direkt vor meinen Füßen liegen. Komisch. Vater Karls Blätter sind immer grün. Ob er krank ist? Aber darüber kann ich nicht nachdenken, denn er beginnt, leise zu vibrieren, und ein schlanker Ast biegt sich nach unten. Es kitzelt, als die weichen Blätter über meine Wange streicheln.

»Es gibt Momente im Leben, Masita, da ist man allein«, höre ich den alten Baum sagen. Wobei er ja nicht sprechen kann, trotzdem kommen seine Gedanken bei mir an. Es tut gut, jemanden zu haben, der einem helfen kann.

»Bei manchen Entscheidungen kann einem niemand helfen«, meint Vater Karl jetzt. Na prima. Nicht mal er?

»Die Entscheidung zu gehen, kannst nur du allein treffen. Du musst fühlen, was für dich wichtig ist, Masita. Und du musst es tun. Auch wenn alle sagen, es sei falsch.«

»Aber das fühlt sich schrecklich an!«, platze ich heraus.

»Ich weiß.« Der alte Baum summt in seinem Inneren. Und dann fragt er mich: »Was sagt dein Herz?«

Ich seufze. Lege die Hand auf das Amulett. Atme ein. Und wieder aus. Und dann kenne ich die Antwort. Ich kannte sie vorher schon.

»Es sagt, dass ich in die Erdenwelt gehen muss.«

Jetzt wird aus dem Summen im mächtigen Stamm ein Rauschen, ein Wirbeln, ein Trommeln und ein Singen. Die Blätter rascheln, als wollten sie an den Stängeln tanzen. Die Äste schwingen hin und her, und dann wird alles ganz hell: Durch jedes einzelne Blatt geht ein Leuchten, ein Glühen. So etwas Schönes habe ich noch nie gesehen!

»Vuk Xalo, ok ikl iddoj vu – das Gute, es ist immer da …«, sagt Vater Karl denselben Zauberspruch wie zuvor Tante SoSo. »Vuk joiwo yoir ikl iddoj puyi – das reine Herz ist immer wahr!«

Ich trete einen Schritt zurück, drehe mich um ... und reiße Mund und Augen weit auf: Direkt vor mir erhebt sich die Regenbogenbrücke in den Himmel! Die Sonne spiegelt sich darin, die Farben glitzern und flimmern im schönsten Rot, im kräftigsten Blau, im wunderschönsten Lila, das ich je gesehen habe. Es ist ... prachtvoll.
Plötzlich spüre ich einen Schubs in meinem Rücken. Vater Karl stößt mich sanft, aber bestimmt, mit einem Ast vorwärts. »Es ist so weit, Masita, es ist dein Schicksal«, sagt er. Ich kann nur stumm nicken und einen Schritt nach dem anderen machen. Immerhin bekomme ich meinen Mund jetzt wieder zu. Ein Schritt. Noch einer. Die Farben leuchten immer stärker, und als ich meinen rechten Fuß auf die Regenbogenbrücke setze, höre ich wie von ganz weit weg noch einmal Vater Karls Stimme.

»Wohin die Winde dich auch tragen,
du kannst immer dein Herz befragen.
Lass es deinen Kompass sein, dein reines Herz, es bleibe rein.«

Unter mir ist jetzt nur noch buntes Licht. Ich fühle mich leicht und frei und umgeben von tausend Farben und Tönen, die ich noch nie gehört habe. Als ich mich nach einigen Schritten umdrehe, bemerke ich, wie hoch ich schon gekommen bin, und bekomme einen Schreck. Um mich herum summt alles und ist von sanften Farben durchdrungen. Sehe ich das richtig? Vater Karl lässt die Zweige hängen? Oder meine ich das nur, weil ich so weit oben stehe?
Mir wird ein bisschen schwindelig.
Und dann sehe ich Mama. Sie rennt zum Platz der tausend Lieder, als wären tausend bissige Ameisen hinter ihr her. In der Hand hält sie meinen Brief. Dann reißt mich ein bunter Strudel höher, ich werde auf den Kopf gestellt, wieder zurückgedreht. Kann jetzt wieder nach unten sehen und muss beinahe kichern, als ich Tante SoSo rennen sehe. Ich wusste gar nicht, dass sie so schnell sein kann. Aber dann bleibt mir das

Kichern im Hals stecken. Mama wirft sich an Vater Karls Stamm, und auch wenn ich viel zu weit weg bin, weiß ich, dass sie weint.

Wieder werde ich herumgewirbelt. Stehe auf dem Kopf, liege auf dem Rücken. Es geht höher und höher. Dann kann ich wieder einen Blick auf den Platz da unten – sehr weit unten jetzt – erhaschen. Natias galoppiert über die Wiese, und seine langen Ohren flattern dabei. KriKri und seine Hennen hüpfen aufgeregt um den Esel herum. Und … doch, ja: Da sind die BoomBoom Roses. Alle drei! Ich versuche, Tilda, Amy und Flo zuzuwinken, aber der Strudel aus Licht und Farben reißt mich herum. Wo ist oben? Wo ist unten?

Plötzlich taucht vor mir ein Tunnel auf. Ein schneeweißer Tunnel, der sich im nächsten Moment orange, dann lila, dann golden verfärbt. Auf einen Schlag ist alles still. Von ganz weit weg höre ich die Stimmen meiner Freunde dort unten. Sie singen und musizieren. Alle gemeinsam. Es ist eine warme, tröstende Melodie, die sich wie Honig über mein Herz legt. Das Tamburin von Amy streichelt meine Tränen weg, Tildas Triangel winkt mir mit ihrem hellen Klingeln zu, und Flos Kastagnetten schicken einen so warmen Klang, dass es mir schon besser geht. Mamas Stimme ist am hellsten unter allen Sängern, und auch wenn es nur noch ein schwaches Tönchen ist, das ich hier oben hören kann, weiß ich doch ganz genau, dass sie singt: »Sie kommt wieder.« Und alle, alle stimmen ein. Dann wird alles schwarz.

Zweiter Teil

In der Erdenwelt

Dem Mutigen wird immer Hilfe zuteil

»Al … ter … Fal … ter … mir ist kotzübel. Was für ein Ritt! Was? Ich bin grün im Gesicht? Anders grün als sonst? Sorry, aber du siehst auch nicht besser aus. Luft. Viel frische Luft. Das wird helfen. Und fester Boden unter meinen vielen Füßen. Ja. Ja! Du hast nur zwei. Heißt aber nicht, dass das für dich einfacher wird. Mir. Ist. Schlecht.«

Autsch!
Das tut weh. Sehr weh! In meinem Traum bin ich zwar auch immer auf solch einer knallharten und kalten Oberfläche gelandet. Aber jetzt, in echt, tut mein Po heftig mächtig weh.
Laut!
Das ist laut! Viel zu laut! Überall knattert und brummt und quietscht es. Und es stinkt. Muffig. Ich muss husten. In meinem Traum waren zwar auch überall diese rollenden Blechkisten. Aber ohne Geräusche und ohne Gestank. Während ich mich hochrappele, knallt ein Knie, das in einer grauen Hose steckt, gegen meine Schulter. Noch mal: Autsch! Aber der Mann, dem das Knie gehört, bleibt nicht mal stehen. Er has-

tet einfach weiter. Der muss es aber eilig haben mit seiner schwarzen Tasche! Wahrscheinlich rennt er dahin, wo alle hinrennen, die so eine Tasche haben. Es sieht ein bisschen aus wie Ameisen. Nur eben auf zwei Beinen. Und diese Ameisenmenschen hier rennen alle in andere Richtungen. Es wuselt genauso wie auf der Straße mit den Autos. Nur dass die Blechkisten immerhin nur in zwei verschiedene Richtungen unterwegs sind.

Ich sehe zu, dass ich Land gewinne. Viel ist das nicht, denn schon nach zwei Metern ist da eine graue Mauer. Die Mauer gehört zu einem Gebäude. Einem mächtig hohen Gebäude, das locker anderthalb mal so weit in den Himmel ragt wie Vater Karl. Statt Blättern hat es Tausende von Fenstern, die alle gleich aussehen. Ich folge den Fenstern mit dem Blick immer weiter und weiter hinauf. Irgendwo da oben muss die Sonne sein, die ist, sagt man, im Wolkenparadies und auf der Erde dieselbe. Aber was ich sehe, ist nicht gelb, sondern nur ein stahlgraues Viereck. Selbst der Himmel scheint farblos zu sein. Aber vielleicht muss ich mich an all das hier auch erst gewöhnen? Wie gesagt, im Traum war alles zwar genauso, aber doch völlig anders.

Ich starre auf eine weiße Tafel, die ganz oben an dem Gebäude hängt und auf der rote Buchstaben blinken. Fast jedes Gebäude hat so eine Tafel, auf jeder steht etwas anderes, aber alle sind knallbunt und leuchten. Sieht nicht übel aus in all dem Grau. Ich versuche, den Kopf noch weiter in den Nacken zu legen, und stelle mir vor, dass mir bald der Junge aus meinem Traum begegnet. Wenn nämlich meine Träume recht haben, dann müsste er hier irgendwo sein. Ich trete einen Schritt nach rechts. Dort ist eine haushohe Scheibe, hinter der … Männer stehen? Nein! Das sind Puppen. Lebensgroße Puppen, die blaue, graue und schwarze Anzüge tragen. Wenn ich die Augen zusammenkneife, sehen sie allerdings sehr lebendig aus. Dafür kann ich so mein eigenes Spiegelbild in der Scheibe sehen. Die weiße Blume in meinem Haar ist ein bisschen verrutscht, kein Wunder nach dem rasanten Flug über die Regenbogenbrücke. Meine Frisur ist ziemlich zerzaust, und ich versuche, die Locken zu bändigen. Mein Beutel hängt schief am Kleid, das auch nicht so sitzt, wie es soll. Ich zupfe alles zurecht. Dann trete ich einen Schritt zurück.

»Ey!« Jemand schreit mich an und schubst mich. Ich fahre herum. Vor mir stehen drei Jungs.

»Hab ich 'ne Erscheinung?« Der Größte von ihnen zieht die Nase hoch und starrt mich an. Er sieht ein bisschen so aus wie der Junge aus meinem Traum. Aber nur ein bisschen. Seine Haut ist nicht ganz so goldbraun. Und er hatte keine rote Kappe auf. Der hier trägt ein Shirt, das ihm viel zu weit ist. Und eine Hose, die ihm drei Nummern zu groß ist. Immerhin sind die Hosentaschen groß genug, dass er die Hände ganz tief darin vergraben kann. Leider kann ich deswegen nur einen Teil der bunten Drachen sehen, die sich über seine Unterarme schlängeln. Eine coole Idee, sich so zu bemalen, das muss ich den BoomBoom Roses erzählen, denke ich. Aber … wollen die überhaupt jemals wieder mit mir reden? Mit mir tanzen? Singen? Ich verbiete mir jeden Gedanken an meine Freundinnen. Außerdem habe ich jetzt, wie es scheint, ein ganz anderes Problem. Die drei hier nämlich.

»Aus welcher Freakshow bist du denn weggelaufen?«, will jetzt der Kleinste der drei wissen. Er ist mollig, fast so wie Tilda. Auf seiner Stupsnase tanzen viele kleine bräunliche Tupfen.

»Sind die echt?« Der Dünnste der drei streckt die Hand nach der weißen Blume in meinem Haar aus. Ich weiche einen Schritt zurück, denn ich habe keine Lust, dass er sie kaputt macht, so, wie der rumzappelt. Und anfassen lasse ich mich von keinem, den ich nicht kenne! Seine Beine, die in einer ebenso großen Hose wie die der anderen stecken, scheinen wie aus Gummi zu sein, und mit den Füßen in den bunten Schuhen aus Stoff tänzelt er unablässig rum. Still stehen kann der wohl nicht.

»Natürlich sind die echt, was denn sonst?« Blöde Frage!

»Wuuuuhhhh. Was denn sonst?«, äfft mich der Große nach und verzieht dabei den Mund zu einer Grimasse. Was nicht gut aussieht, aber na ja, seine Entscheidung.

»Checkst du's nicht?«, setzt er nach. »Könnten die vielleicht auch aus Plastik sein?«
»Was? Plastik? Was ist das denn?« Andere Welt, andere Sprache. Das meiste verstehe ich ja, aber lange nicht alles. Ich befürchte, mein Aufenthalt hier wird doch nicht so einfach, wie ich mir das vorgestellt habe. Und anscheinend reden wir völlig aneinander vorbei, denn die drei starren mich an und brechen dann wie auf ein geheimes Zeichen hin in schallendes Gelächter aus.
»Du bist gut«, japst der Kleine mit den Punkten. »Bist du vom Himmel gefallen?«
Als er das sagt, wiehert der Anführer los wie Natias, wenn der sich aufregt.
»So ähnlich«, rufe ich, um das Gelächter zu übertönen. Die drei kichern noch ein bisschen, dann sind sie ruhig. Zeit, mich mal vorzustellen, denke ich. »Ich bin Masita aus dem Wolkenland.«
Kurz sind die drei still. Dann blähen sie alle die Backen auf wie dicke Frösche und brechen erneut in Lachen aus. Der dünne Zappler haut sich vor Vergnügen auf die Knie.
»Yo, is klar, man, hinterm Mond gleich links!«
»Aber ich …« Weiter komme ich nicht, denn mit einem Mal hört er auf zu lachen. Er kommt einen Schritt auf mich zu, bohrt seinen Zeigefinger in meine Brust, direkt neben das Amulett, und speit mir die Worte förmlich ins Gesicht. Er steht so nah, dass ich seinen Atem auf meinem Gesicht spüre und die kleinen Spucketropfen, als er spricht: »Pass mal auf, du Göre, das ist unser Revier. Unser Teil der Stadt, kapiert? Also veräppele uns nicht, sonst gibt's was auf die Glocke. Ding, dong!«
Er stößt mich mit dem Finger. Hätte er nicht müssen, ich wäre auch freiwillig zurückgetreten. Allerdings komme ich nicht weit, denn da ist ja die Scheibe, hinter der die künstlichen Männer stehen.
»Hier schneit keiner ungefragt rein.« Der Große macht einen Schritt auf mich zu. »Auch nicht mit so einer durchgeknallten Geschichte. Masita aus dem Wolkenland. Blödsinn!«

Ich würde ihn gern fragen, was an mir durchgeknallt sein soll, aber die drei klatschen sich mit den Händen ab und lachen.

»Wie KriKri und seine Hühner, der findet sich auch so toll«, rufe ich. Wollte ich nicht, ich wollte es nur denken.

»Was hast du gesagt?« Der Typ mit den Drachen auf den Armen baut sich vor mir auf, die anderen beiden stehen rechts und links. Die bunten Bilder auf den Armen des Anführers sind jetzt ganz nah vor mir, und ich kann sogar die einzelnen Schuppen der Drachen erkennen. Das ist wirklich schön gemalt worden. Die Jungen kneifen ihre Augen zu schmalen Schlitzen zusammen. Gut, wenn die das machen, mache ich das eben auch. Wer weiß schon, was bei den Terranern normal ist.

»Bei uns im Wolkenland jedenfalls stellt man sich erst mal vor, wenn man sich begegnet.« Ich schaue einen nach dem anderen an. Und einer nach dem anderen reißt die Augen auf. Am weitesten der Drachenjunge. Dann zieht er die Nase hoch (igitt!) und zeigt mit dem Daumen auf sich selbst.

»Okay, Blumenmädchen. Ich bin TomTom. Der hier (er zeigt auf den Kleinen mit den Nasenpunkten) ist Spotty und der andere mein Bruder, Charly.«

Was? Die beiden sollen Brüder sein? Der dunkle TomTom mit den schwarzen Haaren sieht ganz anders aus als der blasse Charly, dessen blonde Locken unter einer blauen Kappe stecken.

»Ihr seht euch gar nicht ähnlich«, sage ich.

»Boah, du checkst es echt nicht.« TomTom zeigt mir einen Vogel. Charly hält sich den Bauch und lacht so lange, bis er husten muss. Was bitte ist jetzt schon wieder so witzig? Spotty kichert. Die Antwort gibt mir Tom-Tom. »Der dünne Hering ist ganz bestimmt nicht mein echter Bruder, ey. Also nicht verwandt und so. Bruder wie guter Kumpel, Freund. Jetzt kapiert?«

Ach so! Das ist eine super Idee. Das werde ich den BoomBoom Roses vorschlagen. Schwestern seit immer, für immer. Das heißt ... falls ich die drei jemals wiedersehe.

»Ja, kapiert.«
»Aber sonst checkst du nichts, oder? Kommst wohl vom Land?«
Spotty rümpft die Nase. Was lustig aussieht, denn jetzt tanzen die winzigen Punkte auf und ab.
»In der Stadt läuft das anders«, mischt TomTom sich ein.
Dachte ich mir schon, dass hier einiges anders ist als zu Hause.

»Kriegst mal 'ne Peilung von uns.« Charly grinst. TomTom hebt den Daumen. Die drei sehen sich an. Nicken mit den Köpfen. Schnippen mit den Fingern. Eins, zwei, drei. Was dann passiert, ist der absolute Knüller. Ich weiß gar nicht, wo ich zuerst hinschauen und -hören soll. Die drei legen ein echtes Spektakel auf den harten Boden, und ich ver-

gesse beinahe die stinkenden Blechkisten und die gehetzten Menschen um mich herum. TomTom macht mit seinem Mund Musik! Und zwar fetzige, schnelle Beats. Ich habe keinen Plan, wie er das schafft, aber er bekommt Töne hin, die wie ein ganzes Schlagzeug klingen. Charly steigt sofort auf den Rhythmus ein, dreht sich um sich selbst, und tatsächlich schafft er es, seine langen Arme und Beine zu koordinieren. Und wie! Ein irrer Tanz. Der Hammer ist aber mit Abstand Spotty. Zu den Rhythmen springt er herum, dreht sich, wackelt mit dem Kopf, wirft sich auf den Rücken und dreht sich wie eine Schildkröte, die auf den Panzer gefallen ist. Und dazu spielt er Mundharmonika! Es ist mir ein Rätsel, wie er es schafft, das kleine Instrument erstens festzuhalten und zweitens bei seinem Wirbel auch noch genug Luft zu haben, um es zu spielen. Das große Finale ist ein Trommelwirbel aus TomToms Mund, dann macht Spotty einen Salto und läuft auf den Händen direkt auf mich zu. Die Mundharmonika hat er zwischen die Lippen geklemmt und spielt einen Tusch. Als er wieder in die Senkrechte kommt und außer Atem vor mir steht, kann ich nur eins sagen: »Wow!«
Die Jungs klatschen sich ab und rücken ihre Mützen gerade.
»So was habe ich noch nie gesehen«, gebe ich zu.
Was ich nicht sage: Ich habe versucht, ein paar der Schritte nachzumachen. Keine Chance. Aber für die BoomBoom Roses wäre das mal was ganz anderes. Also frage ich, ob sie mir mal in Ruhe und ganz langsam etwas zeigen können.
»Ey, wir sind die Wannabees«, ruft Charly und vergräbt die Hände in den Taschen seiner viel zu großen Hose.
Cooler Name. Ich will gerade von den Roses erzählen, als TomTom mir auf die Schulter klopft.
»Klar zeigen wir dir mal ein paar Moves.«
»Was? Muuuws?«
Spotty verdreht die Augen. »Moves. Be-we-gung-en! Du wohnst echt hinterm Mond, was?«
Also, so weit weg ist das Wolkenland nun auch wieder nicht. Charly

zeigt auf meine Schuhe. »Kann man mit den Dingern da tanzen?«
»Wieso nicht?«
»Na ja … die sind ein bisschen groß«, wirft Spotty ein.
Was hat der bloß gegen meine Stiefel? »Das sind meine Tanzschuhe! Und die sind sehr weich.«
Die drei grinsen. Charly wippt in seinen komischen Schuhen auf und ab. Die haben nicht mal Schnürsenkel in den dafür vorgesehenen Löchern! Ich will gerade was dazu sagen, als TomTom noch einen Schritt auf mich zukommt und nach meinem Beutel grapscht.
»Finger weg!«
Das geht gar nicht! Bekommt er auch zu spüren, ich haue ihm auf die Finger. Erst denke ich, dass er ebenfalls ausholt. Aber dann zieht er nur die Nase hoch.
»Krieg dich ein, Chica.«
»Ich hab Hunger«, mault Spotty.
»Das ist nichts Neues.« TomTom dreht sich um und pikst seinen Bruder in dessen runden Bauch. Ich muss wieder an Tilda denken. Einen rosa Muffin könnte ich jetzt auch vertragen. Wie auf ein Stichwort hin knurrt mein Magen, und mir fällt auf, dass ich den ganzen Tag noch nichts gegessen habe, von einer Hand voll Beeren mal abgesehen.
»Okay, dann erst mal eine Runde mampfen«, beschließt TomTom. Die drei machen auf der Hacke kehrt und gehen ein paar Schritte. Charly rempelt einen Mann an, der ihn böse anschaut, dann aber weiterhetzt.
»Ja, und du? Komm schon, Masita!«, ruft TomTom, ehe die drei um die nächste Ecke biegen.

Wo es schwarz ist, ist es immer auch bunt

»*Alter Falter! Beatbox, Breakdance, Mundharmonika! Da halten meine Füße nicht still. Irgendwie cool, was die Wannabees draufhaben. Wieso lachst du? Hör mal! Ich bin nicht dick. Ich bin ein Raupler. Und habe die perfekte Taille. Weil ich die bewegen kann. Da ist der Umfang Banane! Okay. Du lachst. Ich geb's zu. Zuschauen ist bequemer. Gib mir mal das Blatt da. Ne. Das andere. Das ganz grüne. Hmpf. Chrchmpf. Boah. Lecker. Aus dem Weg! Die machen weiter!*«

Als ich um die Ecke komme, kann ich eben noch einen kurzen Blick auf eine Frau werfen, die auf hohen Schuhen in die entgegengesetzte Richtung rennt. Auf richtig hohen Schuhen, meine ich. Schwarze, glänzende, sehr hohe Schuhe. Die sehen zwar gigantisch aus … aber ob man mit denen tanzen kann? Gedanken darüber machen kann ich mir nicht wirklich, denn ich habe keine Lust, die drei aus den Augen zu verlieren. Auch wenn sie merkwürdig sind, die Wannabees sind doch die einzigen Terraner, die ich kenne. Und außerdem meldet mein Magen: Hunger!

Wir biegen in eine schmalere Straße ab. Hier sind weniger Menschen, weniger Blechkisten. Dann geht es wieder um eine Ecke. Und noch eine. Mit jedem Meter wird es ein bisschen ruhiger. Grau bleibt trotzdem alles. Im Laufen versuche ich, einen Blick nach oben zu werfen. Vielleicht kann man von hier aus ein Stück Himmel sehen? Kann man nicht. Dafür sind plötzlich Charlys blonde Haare genau vor meiner Nase. Ich kann gerade noch stoppen, sonst hätte ich ihn umgerannt. Außer Atem schiele ich an seiner Schulter vorbei. Das heißt, eigentlich folge ich meiner Nase. Denn die registriert einen Geruch, den ich nicht kenne … und gleichzeitig höre ich eine sehr vertraute Melodie in meinem Kopf. Eine, die manchmal Tante SoSo summt.

Dieses Summen hier klingt etwas dunkler und tiefer. Ich schnuppere noch mal. Es duftet warm, würzig, weich, ein bisschen scharf, ein wenig süß und genau so, wie mein Bauch das möchte, denn der knurrt jetzt wie ein Hund, der sabbernd vor einem Knochen sitzt.

Aber auch meine Augen erfahren Neues. Zwischen großen Tonnen steht ein himmelblaues Fahrrad mit einem Anhänger. Das einzig Schwarze ist der riesige Topf, in dem es brodelt. Alles andere ist bunt. Bunter fast als eine Blumenwiese und irgendwie erinnert es mich an die Küche von Tante SoSo. Über dem Anhänger spannt sich eine rote Markise, und darunter hängen wie essbare Girlanden Gewürze, Früchte und Gemüse. Rot. Grün. Sonnengelb.

»Hey, Bambusratte, wo steckst du? Kundschaft!«, ruft TomTom und bringt mich damit zurück in die Wirklichkeit.

Hinter dem Kochtopf taucht ein schwarzer Haarschopf auf. Im selben Moment verstummt das Summen. Schemenhaft erst, weil der Nebeldampf aus dem Topf hochblubbert.

Ein sanfter Windstoß teilt die Schwaden und weht den leckeren Geruch direkt in meine Nase. Dann sehe ich den Koch. Seine grünen Augen. Seinen Mund. Seine Nase. Er ist der Junge aus meinem Traum!

Er starrt an den Wannabees vorbei. Fixiert mich mit seinen Blicken. Nickt unmerklich.

Wir kennen uns.
Ich kenne ihn.
Er hebt die Hand mit dem hölzernen Kochlöffel. Ich forme stumm mit den Lippen »Hallo«.
»Ey, PotCurry, pennst du? Aufwachen!«, ruft Spotty. Wir beide zucken zusammen, und als es im Topf blubbert, verschwimmt sein Gesicht wieder.
»Zackizacki, wir brauchen Futter. Und zwar hoppla, sonst gibt's ne Runde Schwitzkasten!« TomTom legt den Arm um mich. »Und für unsere Kleine hier das Beste vom Besten, klar?«
Ich schüttle seinen Arm ab. Was TomTom mit einem Grunzen quittiert.
»Gib Gas, Schnulli, doppelte Portion für mich!«, befiehlt Spotty. Allerdings schafft er es nicht, dabei böse auszusehen. Vielleicht zieht er deswegen ziemlich laut die Nase hoch. Mir ist das ... unangenehm. So redet man nicht mit anderen. Und mit dem Jungen aus meinem Traum schon gar nicht. Aber ehe ich etwas sagen kann, beginnt PotCurry, hinter dem Wagen herumzuwirbeln. Es sieht aus wie ein Tanz, als er sich ein blitzendes Messer greift und damit rotes und grünes Gemüse schnibbelt. Das Klacken des Messers auf dem Holzbrett ist sein Rhythmus, das Zischen der Suppe, als er schwungvoll das Gemüse hineingleiten lässt, seine Musik. Seine Bewegungen sind genau abgestimmt auf das, was er tut, seine fast schmächtige Gestalt scheint zu schweben, zu fliegen, den großen Holzlöffel wie eine Tanzpartnerin herumzuwirbeln. Ich bin hin und weg und vergesse tatsächlich für einen winzigen Moment, wie groß mein Hunger ist.
Dann füllt PotCurry heiße, dampfende Suppe in vier Schalen und reicht jedem von uns eine. Ich bin als Letzte dran, und als sich unsere Finger berühren, ganz leicht nur, wie ein Lufthauch, blicken wir uns in die Augen. Mich durchfließt eine warme Welle. Viel zu schnell ist der Augenblick vorbei. Ich mache es wie die Wannabees, nehme mir einen Löffel aus dem Ständer neben der Kochfläche und puste in die Schale. Meine Nase würde laut »Ah« und »Oh« machen, wenn sie sprechen

könnte. Solch einen herrlichen Duft habe ich noch nie gerochen. Dann führe ich den ersten Löffel zum Mund. Und kann gar nicht anders, als für einen Moment die Augen zu schließen: An meinem Gaumen spielt ein ganzes Orchester aus süß und sauer, aus würzig und pikant, aus … lecker. Einfach nur lecker! Und wieder meldet sich mein Magen. Dieses Mal knurrt er aber nicht vor Hunger, sondern brummt zufrieden. Über den Rand meiner Schale schaue ich den Koch an.

Und der strahlt über beide Wangen. »Freut mich, dass es dir schmeckt«, flüstert er.
»Tädädäää. Hör auf mit Süßholz raspeln. Nachschlag!«, unterbricht TomTom den Augenblick und hält PotCurry seine leere Schale hin.

»Gar nicht übel heute«, schmatzt Charly.
»Jo. Hatte schon Schlechteres«, brummt Spotty.
»Also, ich finde es fantastisch!«, rufe ich. Und ich weiß, dass auch die Jungs die Suppe lieben, sonst hätten sie kaum Nachschlag verlangt. Sagen könnten sie das – aber wer weiß, vielleicht ist man bei den Terranern sparsam mit Komplimenten? Die Wannabees stellen die leeren Schalen auf die kleine Fahrradtheke. TomTom rülpst.
»Na dann! Ziehen wir weiter. Los, Masita, wir zeigen dir unser Revier!«, fordert TomTom mich auf.
Ich bin noch gar nicht fertig mit essen. Und außerdem … darf PotCurry nicht mit? Das frage ich die Jungs.
»Die Bambusratte?« Charly verzieht das Gesicht. »Ne. Echt nicht. Der soll mal schön bei seinem Gemüse bleiben.«
»Der passt besser zu Karotten als zu uns.« Spotty lacht. PotCurry senkt den Kopf. Und ich recke mein Kinn.
»Ja, aber …«, setze ich an.
Weiter komme ich nicht, TomTom zieht mich am Ärmel. Ich schaffe es eben noch, die immer noch halbvolle Suppenschale auf den Tresen zu stellen, da zerrt er mich schon ein paar Meter weg. Nein! So nicht! Ich schüttle seinen Arm ab und bleibe stehen.
»Und bezahlen?«, frage ich. Es gehört sich einfach so, dass man sich bei jemandem bedankt, der einem Gutes getan hat. Und das hier war definitiv eine gute Suppe. Ich überlege, ob ich PotCurry einen Stein aus meinem Beutel geben soll.
»Zahlen? Den?« Charly schüttet sich aus vor Lachen und klopft sich auf die Schenkel.
»Weißt du, Wolkenmädchen, ich erklär dir mal was.« TomTom legt mir den Arm um die Schultern. Das will ich nicht, wage es aber nicht, ihn abzuschütteln. »Hier in der Gegend sind nicht alle so nett wie wir. Und wir netten Wannabees passen auf, dass PotCurrys Küche nichts passiert. Man weiß ja nie, wer … na ja, seine Kasse klaut. Der Gute steht unter unserem speziellen Schutz.« TomTom zwinkert mir zu. Ich werfe einen

Blick auf PotCurry, der zu Boden schaut. In meinem Traum hat er das nie gemacht. Und dort hat er auch nie die Schultern hängen lassen. Im Gegenteil, er kam stets lächelnd auf mich zu. Manchmal hatte er eine kleine Flöte aus hellem Holz in der Hand. Manchmal einen Topf und einen Löffel, die seine Trommel und sein Schlagstock waren. Irgendwas stimmt hier ganz und gar nicht. Aber ehe ich weiter nachdenken kann, reißen die Jungs mich mit. Rennen die Straße hinunter, rempeln dabei Leute an. Ich knalle gegen einen Mann im grauen Anzug. Werde von Charly weitergezogen. Um die nächste Ecke. Dort sind mehr Menschen unterwegs als Ameisen in einem Haufen. Es ist laut, stinkt, und alle scheinen schlechte Laune zu haben. Automatisch greife ich mir in die Haare. Einmal kurz die weiße Blume berühren, das wird helfen. Aber … da ist keine Blume mehr! Ich muss sie verloren haben.
»Mist!«, rufe ich und bleibe wie angewurzelt stehen.
»Was?« TomTom sieht mich genervt an.
»Ich hab was verloren«, sage ich.
»Ja, na und?« Charly verdreht die Augen.
»Wartet hier, ich bin gleich wieder da.« Ich renne den Weg zurück, den wir gekommen sind. Wieder graue Menschen, wieder stinkende Blechkisten. Tröten. Brummen. Und dann erreiche ich die stille Straße, in der PotCurrys Suppenküche steht. Tatsächlich, die Blume liegt auf der Erde, beinahe unversehrt, nur ein einziges Blütenblatt hat einen winzigen Riss. Das fällt kaum auf. Ich hebe die Blüte auf und stecke sie ins Haar. PotCurry sitzt vor seinem Küchenfahrrad. Auf dem Schoß liegt ein Buch, kaum größer als ein Teller, braun, abgegriffen. Er starrt hinein, und ich meine, eine Träne über seine Wangen rollen zu sehen. Gerade als ich auf ihn zugehen will, springt er auf, spurtet hinter den Wagen und bückt sich. Als er wieder zu sehen ist, hat er statt des Buches einen Kochlöffel in der Hand. Ich will ihm zuwinken, lasse es aber sein, denn da kommt ein Typ um die Ecke, von dem ich ganz und gar nicht gesehen werden will. Ein Bauchgefühl nur, aber ein starkes. Ich verschanze mich hinter einer grauen Tonne.

Der Kerl im schwarzen Anzug trägt eine dicke goldene Kette um den Hals. Und eine riesige goldene Uhr am Handgelenk, die selbst auf diese Entfernung so aussieht, als ob sie Tonnen wiegen würde. Er schlendert auf die Suppenküche zu.
»Na, wie laufen die Geschäfte?«, knarzt er. Ich bekomme eine Gänsehaut. Seine Stimme ist tief, aber sie klingt auch wie Kreide, mit der man über eine Tafel quietscht.
»Danke, gut«, sagt PotCurry mit einem leichten Zittern in der Stimme. »Aber … es bezahlen nicht alle.«
Der Typ im Anzug lacht. »Die Wannabees? Tja, meine Azubis arbeiten eben noch für eine warme Mahlzeit. Bei Sharky sieht das anders aus.«
Er beugt sich zu PotCurry vor. Der senkt den Blick, bleibt aber stehen.
»Hör mal, Reiswaffel, ich mach dir jetzt ein Angebot, das du nicht ablehnen kannst. Und das macht ein Sharky nur genau ein Mal. Verstanden?«
PotCurry nimmt sich eine Schale und ein Tuch. Ich kann genau sehen, dass seine Hände zittern, als er die Schüssel abtrocknet.
»Fliegende Küchen!«, ruft Sharky und breitet theatralisch die Hände aus. »Sharkys fliegende Küchen! Ein Imperium aus rollenden Küchen, so wie deine. Überall. An jeder Ecke. Das ist die Geschäftsidee des Jahrtausends!« Fast erwarte ich, dass er sich selbst applaudiert. Der Kerl ist ja nicht zu ertragen!
»Und was hat das mit mir zu tun?« PotCurry versucht, gelangweilt zu klingen. Aber ich nehme die Unruhe in seiner Stimme wahr. Ob ich aus meinem Versteck kommen soll?
»Das Rezeptbuch deiner Großmutter.«
PotCurry wird blass.
»Du gibst mir das Buch. Die Leute sind verdammt scharf auf deine Rezepte. Die neuen Köche lernen zu kochen wie du.«
PotCurry stellt die Schale ab.
»Mann, ich biete dir … fünf Prozent vom Umsatz?«
Der Straßenkoch schüttelt unmerklich den Kopf.
»Fünf Prozent von Millionen, hörst du? Das ist absolut fair. Du hast

keine Arbeit. Ich hab den Stress und die ganzen Investitionen. Bambusratte, das ist mehr Geld, als ein normaler Mensch im ganzen Leben verdient.«

Oh, bitte, denke ich, das Rezept für deine herrliche Suppe … niemals, nicht an diesen schleimigen Kerl! Ich muss mich echt zusammenreißen, um nicht sofort zu den beiden hinzurennen. Dann legt PotCurry den Kopf schief.

»Das Rezeptbuch meiner Großmutter?«

Sharky nickt und grinst.

»Das ist unverkäuflich.«

Der Satz hängt in der Luft. Die beiden fixieren sich, und selbst auf die Entfernung kann ich sehen, dass die Adern an Sharkys Hals anschwellen. Ich befürchte, er springt PotCurry an. Aber dann ballt er die Hände hinter dem Rücken zu Fäusten und sagt ruhig, viel zu ruhig: »Vierundzwanzig Stunden. Dann höre ich ein Ja. Oder Sharky kommt mit einer Entscheidungshilfe.« Blitzschnell zieht er ein Messer aus dem Hosenbund und lässt es vor PotCurrrys Nase kreisen.

»Weiber! Kommst du jetzt endlich?« Hinter mir taucht Spotty auf, völlig außer Atem. »Wir haben einen Termin!«

»Ich … äh …«

Nein. Es wäre nicht gut, wenn die Wannabees mitbekommen, was hier eben passiert ist. Ich bin froh, dass PotCurry so in Gedanken versunken ist, dass er nicht in unsere Richtung blickt. Ich setze ein schiefes Grinsen auf.

»Ich komme ja schon«, sage ich und sprinte hinter Spotty her.

Nur dein eigenes Lied kommt aus dem Herzen

»Alter Falter. Bambusratte. Reiswaffel. Geht's noch? Ich sag ja auch nicht Spast oder Behindi zu denen. Ich krieg echt 'nen Hals. Jokes machen auf Kosten von anderen? Geht gar nicht! Das ist schwach. Sehr schwach. Und dann noch Sharky. Ey. Da werde ich blass. Blassgrün. Und ein blassgrüner Raupler ist mal ein ganz schlechtes Zeichen.«

Die Jungs scheinen es wirklich eilig zu haben. Sie schlängeln sich durch die Leute, überqueren wie wild gewordene Kaninchen die Straße im Zickzack, rennen Treppen hinauf und hinunter. Ich habe Mühe, ihnen zu folgen. Eigentlich ist ja, wenn man es besonders eilig hat, Snoopen das Reisemittel der Wahl. Aber erstens kenne ich das Ziel nicht, kann es mir auch nicht vorstellen. Und zweitens schätze ich mal, dass es Tage dauern würde, bis ich den Wannabees beibringen könnte, wie man snoopt. Und hat nicht Tante SoSo gesagt, dass die magischen Kräfte in der Erdenwelt sowieso nicht funktionieren? Mir bleibt also nichts anderes übrig, als hinter den dreien herzurennen. Und gerade als ich denke, dass das Seitenstechen immer schlimmer wird, bleiben die Jungs wie angewurzelt stehen. Und zwar so plötzlich, dass ich nicht mehr bremsen kann und gegen Spotty knalle.

»Autsch!« Nase gegen Schulterblatt. Tut weh. Aber Spotty zuckt nicht mal. Er und die beiden anderen starren geradeaus. Reißen die Münder

und Augen auf. Nur TomTom lässt ein leises »Oha« hören, seine Kumpel sehen aus wie hypnotisiert.
Wir stehen vor einer breiten Treppe, die zu einem Haus aus Glas führt. Die umliegenden Gebäude spiegeln sich in den unzähligen Scheiben, die von innen in den schillerndsten Farben beleuchtet sind. Es sieht ein wenig aus wie ein Regenbogen, den jemand in ein übergroßes Aquarium gestopft hat.
»Puh«, macht Charly.
»Boah«, lässt Spotty hören.
Eine stahlblaue riesige Schrift flackert über dem Eingang auf. »The Best of the Best« steht da in haushohen Leuchtbuchstaben zu lesen.

Na also, wenn das das beste Haus von allen hier in der Erdenwelt sein soll … ich weiß ja nicht. Trotz der schönen Farben wirkt es auf mich kalt. Ganz und gar nicht einladend. Und schon gar nicht wie »Puh« oder »Boah«. Eher wie »Lieber schnell weg hier«. Aber den Plan haben die drei offensichtlich nicht. Sie klatschen sich ab, nicken sich zu und ziehen jeder eine silberne Kette aus der Hosentasche, die sie sich um den Hals legen. An fetten Panzergliedern baumelt als glänzender Schriftzug »The Wannabees«. Spotty zieht die Nase kraus und schielt zu mir rüber.
»Sieht schön aus«, sage ich.
Er grinst und scheint erleichtert zu sein. Ganz ehrlich: Ich habe geflunkert. Die Kette steht ihm überhaupt nicht. Sie ist viel zu groß und protzig. Mein Ding wär das nicht, aber wer weiß schon, was die Terranerjungs sonst so tragen? Ich meine, bei den komischen Hosen, die die drei anhaben, wundert mich nichts.
»Na, Kröte, kommst du mit?« Kaum hat TomTom seine Kette angelegt, scheint seine Stimme eine Oktave tiefer zu sein. »Dann kannst du mal echte Stars sehen!« Was will er denn jetzt schon wieder?
»Hast du kein Fernsehen, wo du wohnst?« Charly schnaubt und schüttelt den Kopf. »Du bist echt von vorgestern.«
Ich beschließe, nichts darauf zu antworten. Muss ich auch nicht, denn genau wie wir haben Hunderte anderer Jungen und Mädchen den Weg zum Glaspalast gefunden.
Von überall her strömen plappernd und kichernd kleine Gruppen heran, die meisten sind Mädchen, viele kommen zu dritt oder viert. Dass sie zusammengehören, zeigt sich entweder daran, dass sie gleich angezogen, frisiert oder im Gesicht angemalt sind oder dass sie sich an den Händen halten. Ich muss blinzeln, denn meine Gedanken schweifen zu den BoomBoom Roses. Wäre ich doch nur nicht allein hier, dann hätte ich jetzt auch Freundinnen, die mit mir kichern und flüstern würden! Alle schauen die anderen mit abfälligen Blicken an, mustern die Umstehenden und verziehen die Gesichter. Ich habe keinen Plan, was das soll. Man kann sich doch normal unterhalten und Hallo sagen!

Versuchsweise lächle ich eine Vierergruppe Mädchen an, die alle ihre blonden Haare zu hohen Zöpfen zusammengebunden haben und knallenge knallblaue Overalls tragen. Wie auf ein geheimes Kommando hin werfen sie die Köpfe in den Nacken und starren die Leuchtschrift an, ganz so, als wollten sie mich und alles andere um sich herum übersehen. Stelle ich mich eben näher an Spotty. Der hibbelt von einem Bein aufs andere und macht damit Charly Konkurrenz.
»Worauf warten wir?«, flüstere ich TomTom zu, der als Einziger der Wannabees die Ruhe selbst zu sein scheint.
»Auf das Casting. Herrje!« Er verdreht die Augen.
»Ah. Und … was ist das?«
»Sag mal, bist du wirklich so doof, oder tust du nur so?« TomTom schüttelt den Kopf. Aber an seinen Augen kann ich erkennen, dass er das nicht wirklich böse meint. Also hake ich noch mal nach.
»Casting heißt, dass wir, die Wannabees, gleich allen anderen und vor allem dem BOSS zeigen, dass wir ›The Best of the Best‹ sind.«
Spotty und Charly klatschen sich ab. Die Fremden um uns herum murren.
»Als ob Al Lias sich für Flachpfeifen wie euch interessieren würde!«, schnaubt ein groß gewachsenes Mädchen mit knallroten Haaren. Ihre Freundin, die den gleichen quietschgelben Pulli trägt wie sie, zieht geräuschvoll die Luft durch die Zähne. Immerhin ist es hier bunt, viel bunter als im Rest der Stadt. Langsam rückt die Schlange vorwärts, und schließlich treten wir, gedrückt und geschoben von den Mädchen und Jungs hinter uns, durch eine gläserne Drehtür. Im Foyer werden die Massen durch aufgestellte Trennwände in verschiedene Richtungen gelenkt. Das System verstehe ich nicht und achte darauf, meine Wannabees nicht aus den Augen zu verlieren. Irgendwann, als die Luft überall schon ganz stickig ist und mir das Stimmengewirr in den Ohren brummt, schiebt uns ein Mann mit Klemmbrett in der Hand in einen kleinen Raum. Die Tür hinter uns geht zu. Ruhe. Himmlische Ruhe! Aber nur für einen Augenblick.

Hinter einem kleinen Tisch sitzt eine Frau.
»Formular ausfüllen, in Raum 42 hinsetzen, warten«, schnarrt sie, ohne aufzuschauen. TomTom ist in zwei großen Schritten am Tisch und greift nach dem weißen Blatt, das die Frau hochhält. Jetzt sieht sie ihn doch an. Er grinst. Aber nur kurz, dann weicht alle Farbe aus seinem Gesicht.
»In diesem Jahr nur Mädchen. Kapiert das eigentlich keiner?« Die Frau bleckt die Zähne und reißt TomTom das Blatt wieder aus der Hand.
»Aber …«, setzt der an.
»Raus. Die Nächsten!« Die Frau kreischt beinahe.
»Wir sind …«, will Spotty sagen, doch da reißt der Mann mit Klemmbrett schon die Tür auf, schiebt einen Pulk aus sieben Mädchen in grünen Samtanzügen herein und zieht Charly am Ärmel hinaus.
»Tja, Pech«, kommentiert er, als die Wannabees und ich ihn anstarren.
»Aber wir brauchen noch Showpublikum für die Aufzeichnung.«
»Hä?« Na so was – jetzt ist es mal TomTom, der was nicht versteht!
»Nachher werden die Teaser gedreht, da dürfen Leute im Saal sitzen. Sieht dann für die Kameras aus wie eine echte Show.«
Für mich klingt das wie eine andere Sprache. Für Charly offensichtlich nicht, denn er lässt ein lang gezogenes Coool hören. Und ehe wir uns versehen können, haben wir alle ein lila Plastikband ums Handgelenk geklipst bekommen und werden in einem gläsernen Kasten, kaum größer als ein Klo, vom Boden in die Luft gehoben, höher und höher. Fast bis zum Himmel, wie es mir scheint, denn die blaue Leuchtröhre mit dem Schriftzug »The Best of the Best« taucht die gläserne Decke des Gebäudes in ein himmlisches Blau. Unten werden die vielen Menschen, die sich dort noch immer drängen, kleiner und kleiner, bis sie aussehen wie winzige Käfer. Dann gibt es einen Ruck, die Tür öffnet sich wieder, und TomTom schiebt mich in einen langen Flur, an dessen Ende eine zweiflügelige Stahltür ist, über der in großen Lettern »Studio« steht. Auch hier wartet wieder ein Mann mit Klemmbrett. Als er uns sieht, winkt er hektisch.
»Jetzt aber flink, noch dreißig Sekunden!«

Er reißt die Tür auf, die Wannabees sprinten los, ich hinterher. Wir passieren die Tür, die geräuschlos hinter uns zugezogen wird, und stehen in einem riesigen Saal. Ich habe kaum Zeit, mich umzusehen, kann nur kurz die große, große Bühne bewundern, die unzähligen schweren roten Samtsessel im Zuschauerraum, die vielen, vielen Scheinwerfer und Kameras (wie mir Charly erklärt). Dann werden wir von einem weiteren Mann mit Klemmbrett nach vorn geschoben, er bugsiert uns auf die vier letzten freien Plätze in der dritten Reihe (alle anderen Reihen sind menschenleer), und dann wird es stockfinster.

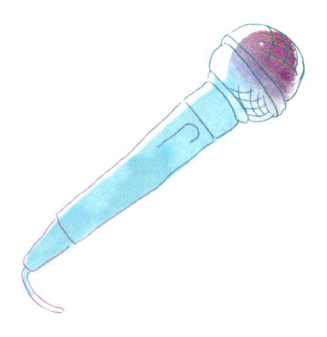

»Ich bin der Boss!«

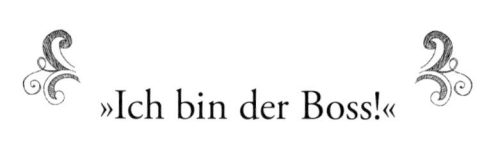

»Alter Falter! Masita im Fernsehen! Bin ich auch auf Sendung? Ja? Wie sehe ich aus? Grün genug? Was? Ich komme durch die Kamera dick rüber? Ja, na und? Ich bin, wie ich bin. Und das ist gut so, wie es ist. Masita hat das kapiert. Die verstellt sich auch nicht. Die ist, wie sie ist. Und genau das macht einen echten Star aus.«

Zum Glück sitze ich in dem weichen Polster, sonst wüsste ich nicht, wo oben und unten ist: Wie von Zauberhand schießen Blitze und Sterne und Kreise durch die schwarze Luft, wabert Nebel auf die Bühne, wummern Bässe und bringen den Boden zum Vibrieren. Ich halte die Luft an und taste nach rechts, bekomme Charlys Hand zu fassen. Er zögert einen Moment, dann zieht er seine weg. Ich starre wie ein hypnotisiertes Kaninchen nach vorn, wo der Nebel jetzt rot, dann lila, dann blau leuchtet. Dann ist es mucksmäuschenstill. Ein einzelnes Licht (»Boah, Megascheinwerfer!«, flüstert Charly) ist auf die Bühne gerichtet. Spotty neben mir hält die Luft an. TomTom murmelt Sachen wie »hammerviele Kameras« und »geniale Technik«. Im Hintergrund öffnet sich eine unsichtbare Tür, und der schwarze Umriss eines Mannes erscheint im gleißenden Licht.
»Der Boss!« Ein Raunen geht durch das Publikum.
»Al Lias!«, ruft irgendwer. Applaus brandet auf, der Schattenmann hebt beide Arme und tritt nach vorn.

»Den kenne ich!«, platze ich heraus. Irgendwo habe ich den Mann schon mal gesehen!

»Den kennt jeder!« Spotty springt auf und klatscht, auch Charly hält es nicht mehr auf seinem Sitz. TomTom springt hoch und jubelt. Um mich herum bricht das reinste Tollhaus aus. Ich bin wahrscheinlich die Einzige, die noch sitzt. Aber auch so kann ich den Mann auf der Bühne gut sehen. Und ja, der kommt mir bekannt vor – auch wenn ich nicht sagen kann, woher oder warum. Vielleicht ist es auch nur, weil er einen Anzug trägt wie die meisten Terraner, die ich bislang gesehen habe. Oder weil er irgendwie überlebensgroß und überwichtig wirkt, wie er da so angestrahlt wird. Der Applaus scheint nicht enden zu wollen. Pfiffe und begeisterte »Al Lias«-Rufe bringen die Luft im Studio zum Kochen. Dann hebt der Boss wieder beide Hände und bringt mit einer Geste die Leute zum Schweigen. Als alle wieder sitzen, verbeugt er sich.

»Stopp! Aus!« Aus dem Nichts brüllt eine knarzige Stimme. Al Lias richtet sich auf, legt die Hand über die Augen und verzieht den Mund.

»Was, verdammt?« Eben sah er noch so nett aus, jetzt klingt er völlig genervt.

»Das geht so nicht«, knarzt die Stimme.

»Wer spricht da?«, will ich von Spotty wissen.

»Der Regisseur«, flüstert er zurück.

»Maske!« Die Stimme hört sich an wie ein wütender Hund. Aus dem Hintergrund taucht eine Frau im rosa Shirt auf, wedelt Al Lias mit einer Quaste durch das Gesicht, zupft an seinen Haaren.

»Zurück auf Anfang« ist zu hören. Al Lias geht wieder hinter die Bühne.

»Und bitte!«, ruft der Regisseur.

Wieder wabert der Nebel. Wieder buntes Licht. Wieder der Scheinwerfer. Als Al Lias erneut auf die Bühne tritt, klatschen die Zuschauer. Allerdings nicht mehr so begeistert wie eben.

»Aus!« Der Regisseur ist nicht zufrieden. »Jubeln, ja? Dafür seid ihr hier!«, brüllt er. Die Leute um mich herum zucken zusammen. Der Boss geht hinter die Bühne. Wieder Nebel, wieder Licht. Auftritt – und Jubel.

Das geht siebenmal so. Nie scheint der unsichtbare Mann zufrieden zu sein. Al Lias wird von Auftritt zu Auftritt genervter, verdreht die Augen, motzt die Frau im rosa Shirt an, wenn sie ihm im Gesicht rumfummelt. »Zeit ist Geld! Zeit ist Geld!«, brüllt er wieder und wieder. Erst wenn der Scheinwerfer auf ihn gerichtet ist, strahlt er wie die Sonne. Mir ist ein bisschen langweilig, und ich überlege, ob ich mich aus dem Saal schleichen soll, als der Regisseur ein »Danke, gekauft!« ruft. Alle atmen auf, Al Lias erklimmt eine breite Treppe an der Bühnenseite. Wieder kommt aus dem Nichts ein »Und bitte!«. Der Boss breitet die Arme aus und hüpft auf und ab, feuert das Publikum an zu klatschen. Am Fuß der Treppe beginnt ein goldenes Leuchten, klettert die Stufen hinauf, bis es oben angelangt ist. Hinter Al Lias schiebt sich eine Wand zur Seite, und was dann passiert, kann nur ein Traum sein: Drei Mädchen in goldenen Klamotten erscheinen im Licht, springen, tanzend um den Boss herum, lassen die kurzen Röcke fliegen. Eines hat eine goldene Kappe auf dem Kopf, die andere winkt mit zwei goldenen Fähnchen, und die größte sieht in ihrem hautengen goldenen Overall aus wie ein magischer Fisch. Ein Fisch mit dem Gesicht von Flo.

»Das gibt's doch nicht«, rufe ich, aber wegen der Musik kann mich keiner verstehen. Alle springen jetzt auf. Ich auch. Am liebsten würde ich nach vorne laufen ... wie kommen Tilda, Amy und Flo hierher? Und warum singen sie unser Lied? Ist das überhaupt noch der Song, der mich mit den BoomBoom Roses verbindet? Ich erkenne die Melodie, aber nur unter dem Wummern von Bässen. Das Lied ist schneller, die Mädels machen verrückte Bewegungen, alles ist schrill, laut, heftig. Bummbummbumm. Das ist stumpf und gar nicht mehr so schön wie unser Lied. Ich kann unter all dem künstlichen Getöse unsere Melodie kaum mehr ausmachen. Okay, der Rhythmus ist schnell und fetzig. Hat aber mit den Roses – mit mir – nichts zu tun. Ich schüttele den Kopf. Vermutlich als Einzige im Saal, denn: Die Wannabees hält es, wie alle im Publikum, nicht auf den Sitzen. Sie tanzen, werfen die Arme in die Luft, machen die Moves der BoomBoom Roses nach. Ich zwänge mich an Charly und TomTom vor-

bei, schlängele mich durch die Sitze und renne zur Bühne. Dort ist eine schmale Treppe, mit drei Schritten bin ich oben, werde vom Scheinwerfer geblendet, stürme die große goldene Treppe hinauf.
»Aus! Verdammt! Aus!«, brüllt der Regisseur. Die Roses halten in ihren Bewegungen inne, als hätte sie jemand eingefroren. Die Musik bricht ab.
»Was zum Teufel soll das?«, brüllt Al Lias mich an. Kleine Spucketropfen fliegen aus seinem verzerrten Mund und glänzen im gleißenden Licht der Scheinwerfer. Ich sause an ihm vorbei, blicke in die bekannten und doch im Moment so unbekannten Gesichter meiner Freundinnen. Die drei klappen die Münder auf. Wieder zu. Und dann liegen wir vier uns in den Armen.
»Was macht ihr denn hier?«, flüstere ich und bekomme kaum Luft, so fest drückt Flo mich an sich. »Wie kommt ihr hierher?«
»Das ist eine lange Geschichte«, lacht Amy.
Dann werden wir von Al Lias auseinandergezogen.
»Bist du völlig verrückt?«, schnauzt er mich an. »Hau sofort ab!«
Tilda schiebt sich zwischen mich und den Boss. »Aber das ist doch Masita, unsere Sängerin!«
»Was ist die?« Al Lias lässt mich los und starrt erst mich, dann die drei anderen an.
»Sie ist unsere Sän-ge-rin«, sagt Flo in einem Ton, den ich sonst nur von Tante SoSo kenne.
»Das ist ja fantastisch!« Jetzt strahlt Al Lias. »Sensationell! Umziehen, los, neu stylen und dann zurück auf Anfang!«
Ich kann gar nichts sagen oder denken, da werden wir vier schon von der Frau im rosa Shirt durch die Bühnentür geschoben, dann übernimmt uns eine sehr, sehr dünne Frau im grauen Kostüm, wir werden einen Gang entlanggezerrt und in einen kleinen Raum gebracht. Erst als wir alle vier nebeneinander auf weichen Sesseln sitzen, jede vor einem beleuchteten Spiegel, erfahre ich, warum die BoomBoom Roses auch hier in der Erdenwelt sind.

Was unterdessen im Wolkenparadies geschah ...

»Gebt ihr Kraft, indem ihr an sie glaubt!«

»Alter ... neee. Techno? Geht ja mal gar nicht für Masita. Nur weil die jetzt im Fernsehen sind? Nee. Nö. Nein. Ja okay, der Beat ist nicht schlecht. Und taugt auch für den Bildschirm. Wo sowieso alles viel zu grell und viel zu bunt und viel zu künstlich ist. Oha. Alter Falter! Im Wolkenland geht die Post ab. Schnell mal da hinsnoopen!«

Ratlos. So kann man wohl am besten beschreiben, wie die Bewohner des Wolkenlandes sich fühlten, als die Regenbogenbrücke verblasste. Alle, die zum Platz der tausend Lieder gekommen waren, starrten noch minutenlang den Horizont an, ganz so, als würden sie erwarten, dass Masita jeden Augenblick wiederkäme. KriKri und seine Hühner verharrten wie ausgestopft. Natias ließ den Kopf mit den langen grauen Ohren hängen. Die Stille dauerte an. Nicht einmal der Wind wehte. Es war, als wäre allen die Luft ausgegangen.
Erst als Annitas Schluchzen wie ein Donnerhall die Stille unterbrach, schreckten die Bewohner aus ihrer Starre auf. Masitas Mutter und ihre Schwester, Tante SoSo, gingen Arm in Arm nach Hause. Natias sah den beiden nach, schnaubte traurig und trottete in die andere Richtung davon. Der Hahn KriKri ließ ein heiseres Krähen hören, das mehr wie ein Seufzen klang. Dann trippelten er und seine Hühnerschar von dan-

nen. Einer nach dem anderen schlichen die Wolparianer fort. Keiner sprach ein Wort, aber die Luft war erfüllt von ihren Gedanken. Wo war Masita hin? Warum war sie gegangen? Und würde sie jemals wiederkommen?

»Puh.« Flo war die Erste der BoomBoom Roses, die die Sprache wiederfand. Die drei Mädchen waren die letzten Bewohner des Wolkenlandes, die noch auf dem Platz der tausend Lieder ausharrten. Flo ließ sich an Ort und Stelle auf das weiche Gras sinken und sah erst Amy, dann Tilda an. Die beiden blinzelten die Tränen weg und hockten sich neben die Freundin.

»Und jetzt?« Tilda blickte von einer Freundin zur anderen. Aber keine hatte eine Antwort. Nur jede Menge Fragen.

»Was ist, wenn sie nicht mehr zurückfindet?« Amy traute sich auszusprechen, was alle dachten. »Was, wenn Masita nie wiederkommt?«

»Das darfst du nicht mal denken!«, rief Flo und sprang auf. Ihr dunkler Teint wurde ein bisschen blass vor Schreck und Sorge. Das sahen die Freundinnen aber nicht, denn ihr Gesicht war zur Hälfte unter der Krempe ihres mit Federn geschmückten Hutes verborgen.

»Aber du denkst doch dasselbe«, warf Tilda ein und rappelte sich hoch. »Ich bin zwar sauer auf sie, weil sie uns nicht eingeweiht hat. Aber ehrlich gesagt … sie ist doch unsere Freundin.« Das Letzte sagte sie mit so viel Nachdruck, dass sie selbst darüber erschrak.

»Stimmt. Ja.« Flo nickte, reichte Amy die Hand und zog sie hoch. Dann nahm sie Tildas Hand, und so standen die drei im Kreis, sahen sich an und dachten nach.

»Seit immer, für immer«, unterbrach Tilda schließlich das Schweigen. »Wir müssen zu ihr. So einfach ist das.« Tilda bemühte sich, dass ihre Stimme nicht zitterte. Ihre ein bisschen knubbeligen Knie taten es nämlich – über die Regenbogenbrücke zu gehen, in eine ganz und gar unbekannte Welt, machte ihr Angst. Andererseits … hier auszuharren und wie gelähmt darauf zu warten, dass Masita wiederkäme oder eben auch nicht, das war nicht ihr Ding.

Amy schluckte und nickte. Flo holte tief Luft.
»Okay«, flüsterte sie schließlich. »Gehen wir sie suchen.«
Die Mädchen wussten, dass das ein völlig verrückter Plan war. Niemand stapfte einfach mal so aus Lust und Laune in die Erdenwelt. Und schon gar keine Mädchen, die erst am Anfang ihrer magischen Ausbildung standen. Dennoch: Einen anderen Plan und eine bessere Idee hatten die drei nicht. Sie drückten sich an den Händen, umarmten sich und beschworen mit ihrem Freundschaftsspruch den Pakt, den sie eben geschlossen hatten: »Seit immer, für immer!«
»Muffins! Wir müssen unbedingt Muffins mitnehmen!«, rief Tilda.
Flo lachte. »Du verfressene Bäckerin«, neckte sie die Freundin. »Aber gut, wer weiß, was die in der Erdenwelt essen. Ich schätze, wir sind eine Weile unterwegs, da kann Proviant nicht schaden.«
»Äh, also … Essen einpacken und so. Schön und gut. Aber eine Frage stellt sich ja nun doch.« Amy kratzte sich nachdenklich am Kopf.
»Nämlich?«, wollte Flo wissen, die in Gedanken schon bei Masita war. Wo auch immer die gerade stecken mochte.
»Wie kommen wir in die Erdenwelt?«
»Hä?« Tilda verstand nicht ganz. »Über die Regenbogenbrücke. Wie Masita auch. Oder?«
»Die Brücke ist aber nicht da. Oder siehst du sie?«
»Nein. Aber … das hier.« Tilda bückte sich und hob ein herzförmiges Blatt auf, das an den Rändern braun geworden war. Sie musste nichts sagen, der Schreck stand den Freundinnen ins Gesicht geschrieben: Zum ersten Mal seit Menschengedenken verlor Vater Karl sein Laub. Und das konnte nichts Gutes bedeuten. Amy begann zu zittern. Flos Herz klopfte wie wild. Tilda drehte das Blatt nachdenklich am Stiel zwischen den Fingern. Dann steckte sie es sich ins blonde Haar, holte tief Luft und ging mit großen Schritten auf den mächtigen Stamm von Vater Karl zu. Sie blickte nach oben in das Blätterdach. Hier zeigte sich eine Lücke. Dort noch eine. An manchen Zweigen waren viele der sonst so tiefgrünen und saftigen Blattherzen klein, verschrumpelt und braun

geworden. Tilda legte die Hand auf die raue Rinde. Dann winkte sie ihren Freundinnen zu. Amy und Flo eilten zu ihr, taten es ihr nach. Der Stamm begann zu brummen, die Mädchen fühlten, wie er im Inneren pulsierte. Und sie erschraken: Es war viel leiser und viel schwächer als sonst. Trotzdem begannen nun einige der Blätter zu glühen. Vater Karl senkte einen seiner Zweige herab und legte ihn um die drei Mädchen. Jetzt waren sie miteinander verbunden, konnten mit dem uralten Baum sprechen.

»Yucce va, meine Mädchen«, begrüßte Vater Karl die drei. Er klang müde. Erschöpft. Aber so gutherzig wie immer, und das tröstete sie.

»Es ist großherzig, dass ihr Masita in die andere Welt folgen wollt«, murmelte der alte Baum. Flo befürchtete schon, dass nun eine Moralpredigt à la Tante SoSo folgen würde, dass sie zu hören bekämen, dass ihr Plan (der ja eigentlich nur eine vage Idee war) völlig daneben sei, dass sie alle noch zu jung für ein solches Abenteuer seien. Sie wollte schon Luft holen, um gegen all das zu argumentieren, da sagte Vater Karl: »Geht ruhig. Masita braucht euch.«

Die Freundinnen sahen sich mit weit aufgerissenen Augen an. Hatten sie das gerade richtig verstanden?

»Es ist mutig von euch, dass ihr das tun wollt«, fuhr Vater Karl fort. »Masita kann jede Hilfe gebrauchen. Auch wenn ihr eigentlich nichts für sie tun könnt, außer bei ihr zu sein. Dem Mutigen wird immer Hilfe zuteil.«

»Hilfe wobei?«, wagte Tilda zu fragen.

»Das kann ich euch nicht beantworten«, gab der alte Baum zu. »Niemand kann das, denn niemand kennt Masitas Aufgabe in der Erdenwelt. Nicht einmal sie selbst.«

»Das klingt aber kompliziert.« Amy wurde es mulmig.

»Also egal was und wobei, wenn sie Hilfe braucht, dann kriegen wir das schon hin.« Flo versuchte, so selbstbewusst wie möglich zu klingen.

»Kannst du uns nicht einen Tipp geben?«, versuchte Tilda aus Vater Karl wenigstens eine klitzekleine Information herauszukitzeln.

»Nein, leider nein.« Vater Karl strich mit einem Zweig einer nach der anderen über den Kopf. »Masita muss dem Ruf ihres Herzens folgen. Und sie muss ihre Aufgabe selbst finden. Sie muss erkennen, um was es geht. Dabei darf ihr keiner helfen, und es würde gar keinen Sinn machen, ihr vorher zu sagen, was sie zu tun hat.« Vater Karl klang müde.
»Aber was, wenn Masita … was auch immer es ist ... gar nicht schafft?« Amys Stimme zitterte, und sie drückte ihre Hände ganz fest auf Vater Karls Rinde.
»Daran dürft ihr nicht einmal denken«, rügte sie der alte Baum. »Dunkle Gedanken ziehen Dunkles an. Ihr kennt dieses Gesetz!«
Die drei Mädchen nickten.
»Also gebt Masita Kraft. Eure Gedanken haben große Kraft«, fuhr Vater Karl fort. »Eure magischen Kenntnisse werden euch nichts nützen, denn die magische Energie wirkt in der Erdenwelt viel, viel schwächer als im Wolkenparadies. Trotzdem: Gebt eurer Freundin Kraft, indem ihr an sie glaubt. Das ist das Beste, was ihr für sie tun könnt.«
Tilda, Amy und Flo nickten heftig.
»Du hast unser Wort«, erklärte Flo feierlich, und die beiden anderen stimmten ihr zu. Es war, als ginge ein erleichtertes Seufzen durch das Holz. Vater Karls Blätter raschelten leise, und es schien, als würden wieder mehr von ihnen glühen als bis kurz davor.
»Hier also ist euer Weg«, sagte Vater Karl mit feierlicher Stimme und schubste die drei mit seinem Ast sanft, aber bestimmt von sich. Die Freundinnen wandten sich um, und da war – die Regenbogenbrücke!
»Die Brücke wartet auf euch«, ermunterte der alte Baum die Freundinnen. »Nun geht schon! Sie trägt alle, die reinen Herzens sind, und sie bringt alle aus der Erdenwelt zurück, deren Herz rein bleibt.«
»Trägt sie auch Muffinmonster?« Mit einem Mal hatte Amy blendende Laune. Sie pikte Tilda in den rundlichen Bauch, rückte die Krone auf ihren Locken gerade und gab Flo einen so festen Schubs, dass deren Federn im schwarzen Haar wippten.

Schnell vergewisserten sie sich, dass alle ihr Instrument dabeihatten. Triangel, Kastagnetten, Tamburin – alles war an Bord.

»Kann losgehen«, freute sich Flo. Hinter ihnen kicherte Vater Karl, aber dafür hatten die drei schon keinen Blick und kein Ohr mehr. Wie von unsichtbaren Fäden gezogen, gingen sie auf die schillernd bunte Regenbogenbrücke zu, machten erste vorsichtige, dann immer schnellere Schritte. Stiegen hoch und höher, gerieten in einen Strudel aus Farben, wurden herumgewirbelt und verschwanden aus dem Blickfeld des alten Baumes, der ihnen traurig und hoffnungsvoll nachsah, ehe ein weiteres trockenes Blatt zu Boden segelte.

Ganz so sanft wie die Landung des Blattes war die der BoomBoom Roses in der Erdenwelt nicht. Wie auch Masita landeten die drei schwungvoll und mit den Hintern zuerst auf dem grauen, harten Boden.

»Hart!«

»Kalt!«

»Autsch!«

Und genau wie ihre Freundin starrten auch die drei wie verzaubert auf das Treiben um sie herum. All die Menschen in ihren fast gleichen grauen Anzügen und Kostümen, die hin und her hetzten wie kribbelige Insekten. All der Lärm und Gestank aus den brummenden Blechkisten. Und all die bunten Lichter an den hohen Gebäuden.

»Das ist ja völlig verrückt hier!« Flo fand als Erste die Sprache wieder. »Wie finden die sich hier nur zurecht? Alles sieht gleich aus. Alle Leute sehen gleich aus!«

»Stimmt.« Tilda stand auf und rieb sich den schmerzenden Po. Immerhin hatte ihr rosa Kleid den wilden Ritt über die Regenbogenbrücke ohne Knittern überstanden. »Wie sollen wir in diesem Gewusel nur Masita finden?«

»Snoopen?«, schlug Amy vor und zupfte ihren geringelten, quietschbunten Pullover zurecht.

»Du bist ja schlauer, als du aussiehst!«, grinste Flo und rückte ihren Hut mit den Federn gerade.

»Was?« Amy funkelte sie böse an.
»War ein Witz!«
»Schluss damit. Wir müssen uns konzentrieren«, befahl Tilda und zog die Freundinnen zur Seite, wo weniger Terraner unterwegs waren. Hier, im Schatten eines riesigen Hauses mit gläserner Fassade, fassten sie sich an den Händen. Schlossen die Augen und dachten an Masita. Sie stellten sich die Freundin ganz genau vor. Ihr langes Haar. Die Blumen. Das schwingende Kleid. Die Tanzstiefel. Und es geschah … nichts. Amy meinte zwar, eine verschwommene Masita zu sehen. Sie sah aber auch drei verzerrte Jungs. Vor Tildas innerem Auge tauchte eine Suppe auf. Aber auch nur verschwommen, wie durch Nebel. Nichts also, mit dem die drei Freundinnen etwas anfangen konnten.
»Mist. Geht nicht«, unterbrach Flo schließlich das konzentrierte Schweigen.
»Also stimmt es, was Vater Karl gesagt hat. Unsere magischen Kräfte funktionieren hier nicht.« Tilda seufzte.
»Dann eben Plan B!« Flo grinste.
»Plan B?«, wollte Amy wissen. »Hatten wir überhaupt einen Plan A?«
»Nein. Aber wir fragen jetzt einfach die Leute, ob sie Masita gesehen haben. So, wie die alle angezogen sind in ihren grauen Uniformen, müsste ihnen doch ein Mädchen wie Masita aufgefallen sein.«
»Okay, dann mach mal.«
Amy nickte Flo zu. Die sah Tilda an. Und dann schubsten die beiden Amy vor.
»Du bist die Netteste, du machst das«, befahl Flo. Sie hätte nie im Leben zugegeben, dass sie sich selbst nicht traute, die Fremden hier anzusprechen.
»Du traust dich bloß nicht.«
Amy schüttelte den Kopf, trat dann aber doch auf eine Frau im grauen Kostüm zu.
»Entschuldigung, wir suchen unsere Freundin, haben Sie …« Die Frau verzog nur den Mund und hetzte weiter. Gerade so, als wäre Amy gar nicht da. Nun gut, dann eben der Mann mit der großen Tasche.

»Wir suchen ein Mädchen mit Blumen im Haar und …«
Der Taschenträger starrte nur geradeaus und ging mit großen Schritten an Amy vorbei.
»Äh … hallo?«, rief Amy ihm nach.
»Lass mich mal«, meldete sich nun doch Flo. Sie musterte die vielen Menschen und pickte sich dann eine junge Frau heraus, aus deren Einkaufskorb Karotten und Salat quollen. Endlich etwas Grünes, wenn das kein Zeichen war! Flo stellte sich der Frau direkt in den Weg. Tatsächlich blieb diese stehen.
»Entschuldigung, wir suchen unsere Freundin, braune Haare, große Schuhe, ganz viele Blumen …«
Flos Stimme zitterte. Die Frau sah die drei Freundinnen eine nach der anderen an, schüttelte den Kopf und ging dann, ohne ein Wort, einfach weiter.
»Mistmistmist.« Tilda stampfte auf. »Wo rennen die bloß alle hin?«
»Vielleicht haben die ein Ritual?«, mutmaßte Amy.
»Die sehen aber nicht so aus, als ob sie sich auf was freuten«, warf Flo ein.
Und dann tauchte eine alte Frau auf, die sich auf einen Stock stützte und viel, viel langsamer ging als all die anderen Menschen. Sie war beinahe so rund wie Tante SoSo und sah sogar ein wenig so aus wie die Lehrerin aus dem Wolkenparadies.
»Die da!«, flüsterte Amy und schubste Flo noch ein Stück vor.
»Ahoi!«, rief Tilda. Die Frau blieb tatsächlich stehen.
»Ahoi? Ich bin doch kein Matrose.« Sie lächelte, als sie das sagte. Und sie schien gar nicht in Eile zu sein. Fasziniert betrachteten die drei Freundinnen das von unzähligen winzigen Fältchen durchzogene Gesicht.
»Wir suchen unsere Freundin«, sagte Amy. Die blassgrauen Augen der alten Frau begannen zu strahlen.
»Ich hätte auch gerne eine Freundin«, sagte die Alte.
»Also unsere hat Stiefel und Blumen und …«
»Blumen!« Jetzt strahlte die Frau über das ganze Gesicht, wobei ihre

Runzeln wirkten wie eine wundersame Landschaft. »Ich hatte immer viele Blumen in meinem Garten. Ach, das waren noch Zeiten.« Die Alte starrte ins Nichts, an den Mädchen vorbei.
»Hört die uns überhaupt zu?«, wisperte Flo.
Amy hakte nach: »Masita kann tanzen. Und singen!«
»Oh, singen kann ich nicht. Aber getanzt habe ich immer gerne.« Die alte Frau machte ein paar unbeholfene Bewegungen, stützte sich dabei immer noch auf ihren Stock und lächelte versonnen. »Im Kreis. Immer im Kreis. Damals, mit meinem Mann. Ach …«
»Äh. Gute Frau … unsere Freundin …«
»Singt. Ja, das habe ich gehört.« Die Großmutter legte den Kopf schief, und es schien, als bräuchte sie einen Moment, um wieder in der Wirklichkeit anzukommen. »Geht doch zum Glaspalast. Da singen alle.« Sie deutete mit dem Stock in die entgegengesetzte Richtung. »Singen. Ja, und manche tanzen auch.«
Das Mütterchen kicherte, dann stöckelte es davon.
»Glaspalast. Aha.« Tilda kratzte sich am Kopf.
»Na ja, was auch immer das ist, eine andere Spur haben wir nicht.« Flo klatschte in die Hände. »Dann wollen wir diesen Palast mal suchen!«
Mit großen Schritten ging sie voran, Amy und Tilda folgten ihr. Es war gar nicht so leicht, sich zwischen all den wuselnden Menschen hindurch einen Weg zu bahnen, aber schließlich kamen die drei Freundinnen an eine große Kreuzung. Dort bildete sich vor einer roten Ampel eine Menschenmenge. Flo schielte nach rechts, wo drei Jungs in viel zu großen Hosen standen und ängstlich einen langen Typen anschauten.
»Ihr besorgt mir das Kochbuch von PotCurry, verstanden?«, knirschte der lange Kerl. Die drei Jungs nickten, als hätten sie eben eine Standpauke von Tante SoSo bekommen. »Und wenn ich das Buch von der Reiswaffel nicht innerhalb von 24 Stunden habe, dann werdet ihr erfahren, was es heißt, von einem Sharky gebissen zu werden.« Der Kerl spuckte vor die drei auf den Boden. »Und jetzt verschönert die Straße und verschwindet. Lasst euch erst wieder blicken, wenn ihr die Rezepte von der Bambusratte habt!«

Flo, Amy und Tilda sahen sich verwundert an, wurden aber von der Menschenmasse über die Straße geschoben. Schon bald hatten sie die drei Jungen aus den Augen verloren – und aus dem Gedächtnis, denn was sie jetzt sahen, war … umwerfend: Vor ihnen erhob sich ein Gebäude, das am Himmel zu kratzen schien. Es war ganz aus Glas, der graue Himmel spiegelte sich in der Fassade, und die Wolken sahen so aus, als wären sie gleichzeitig im Haus und davor. Ganz oben auf seiner Spitze leuchtete eine knallblaue Schrift: »The Best of the Best«.

»Das muss es sein«, flüsterte Flo und stieg die breiten Stufen hinauf. Dass dort eine ganze Horde Mädchen stand und murrte, als die drei Wolparianerinnen einfach so an der Schlange vorbeigingen, nahmen die drei gar nicht wahr. Sie hatten nur eines im Kopf: Masita finden. Und wenn die Alte recht gehabt hatte, dann war ihre Freundin genau hier, im Glaspalast. Nichts und niemand hätte die Roses davon abgehalten, so schnell wie möglich das Gebäude zu betreten.

Und das ging nur durch eine Tür, wie sie sie noch nie gesehen hatten und wie sie im Wolkenparadies ganz bestimmt nicht existierte: Diese Tür bewegte sich, drehte sich langsam wie ein kleines Karussell, gab immer wieder eine Art Fach frei. Flo traute sich als Erste, sprang in eine Lücke zwischen zwei Glasscheiben, tänzelte einmal ringsrum und … kam wieder draußen an.

»Ich hab den Ausgang verpasst!«, lachte sie. Amy und Tilda kicherten. Natürlich wollten sie es jetzt auch versuchen. Zu dritt quetschten sie sich in die nächste Parzelle, die vorbeifuhr. Trippelten hinter der vorderen Glasscheibe her. Durchquerten den Eingangsbereich und … standen wieder draußen. Amüsiert gingen sie die Stufen wieder runter. Tilda kugelte sich noch vor Lachen und hätte sich beinahe verschluckt, wenn nicht in diesem Moment ein Quietschen und Hupen die Luft zerrissen hätte. Die drei Freundinnen erstarrten, als sie quasi Auge in Scheinwerfer mit einem so langen Auto standen, dass sie nur wenige Millimeter vom gluckernden Motor entfernt waren. Die Fahrertür wurde aufgerissen, und ein grau gekleideter Mann mit Schirmmütze sprang heraus.

»Spinnt ihr? Ich hätte euch beinahe überfahren!«, brüllte er die Mädchen an. Hinter ihnen lachten diejenigen hämisch, die brav in der Schlange anstanden.
»Tschuldigung, wir …«
Weiter kam Flo nicht, denn der Bemützte öffnete die hintere Tür zur Limousine. Dann brandete Applaus auf. Jubel. Alle klatschten. Pfiffen. Die Roses beobachteten fasziniert, wie ein Mann in schneeweißem Anzug aus dem Wagen stieg und in die Menge winkte.
»Al Lias! Al Lias!« Die Mädchen rasteten völlig aus. Der Mann schien das Bad in der Menge zu genießen, er ließ eine Reihe blitzweißer Zähne sehen. Dann fiel sein Blick auf Tilda, Amy und Flo. Das Lächeln gefror.
»Oh, oh«, murmelte Amy und trat instinktiv einen Schritt zurück.
»Boss, Sie werden drinnen erwartet«, rief in dem Moment eine so dünne Frau, wie die Roses sie noch nie gesehen hatten. Sie steckte in einem grauen engen Rock mit dazu passender Jacke, und beides schien aus so wenig Stoff zu bestehen, dass man daraus gerade mal eine halbe Hose für Flo hätte machen können. Die Frau starrte auf ein Klemmbrett.
»Gleich, Paula«, ranzte Al Lias sie an.
Und dann ging er direkt auf die BoomBoom Roses zu. Die anderen Mädchen vor dem Gebäude flüsterten und murrten. Der Boss musterte die drei von oben bis unten. Amy schluckte trocken. Tilda griff nach Flos Hand. Deren Knie schlotterten, als sie der kalte Blick von Al Lias traf.
»Geniales Outfit«, rief er schließlich. »So was suchen wir! Federn, mal was ganz anderes! Und wenn wir das jetzt noch der aktuellen Mode anpassen. Nein: selbst einen Trend schaffen! Wahnsinn!«
»Ich … äh …« Flo griff automatisch an ihren Hut.
»Könnt ihr singen?«, wollte der Boss wissen.
»Jaaaa«, antwortete Amy gedehnt.
»Tanzen?«
»Auch, na klar«, sagte Tilda.
»Perfekt. Paula, bring die drei zum Casting, aber zackig.«

»Aber Boss, das verstößt gegen die Regeln, sie müssen sich doch erst anmelden!« Die Dünne zog den Kopf ein.

»Blödsinn. Die Regeln mache ich. Und die drei hier sehen genauso aus, wie ich mir Stars vorstelle«, herrschte er die Frau an. »Und wenn Sie noch ein wenig länger meine Assistentin sein wollen, dann ab jetzt!« Damit ließ er Paula und die drei Roses stehen und verschwand mit schnellen Schritten im Glaspalast.

»Wer war das?«, traute Flo sich zu fragen. Paula sah sie an, als habe sie einen Frosch auf dem Kopf.

»Wie bitte?«

»Ich wollte wissen, wer das war«, hakte Flo nach.

»Sag bloß, du kennst den Boss nicht? Al Lias! Höchstpersönlich. Ihm gehört das Ganze hier. Er ist der Macher. Der Erfinder. Er ist … alles! Und ihm gehört alles hier. Er hat die Show erfunden. Nein, er ist die Show.«

»Aha.«

Keine der Roses konnte sich darunter etwas vorstellen, aber zum Nachdenken hatten sie nun keine Zeit. Im Laufen notierte Paula ihre Namen auf dem Klemmbrett, dabei sah sie kaum auf. Wahrscheinlich, vermutete Flo, kannte die Frau die vielen Gänge im Glaspalast auswendig. Es ging eine Treppe hinauf, eine andere hinunter. Irgendwann stieß Paula eine Stahltür auf und schubste die Mädchen auf eine Bühne. Die Roses waren geblendet von den Scheinwerfern und standen unschlüssig auf der kahlen Bühne. Die schwarz lackierten Holzbretter waren an einigen Stellen abgewetzt, hinten werkelten Männer in blauen Overalls an großen Stahlgerüsten.

»Wer ist eure Leadsängerin?«, blaffte Paula die drei an.

»Wie? Wer?«

»Wer singt den Hauptteil?« Al Lias' Assistentin klang genervt.

»Masita, aber die ist nicht hier.«

»Dann eben nicht.« Paula kritzelte etwas auf das Blatt.

»Aber ohne sie …«, rief Flo.

»… muss es jetzt auch gehen. Zeit ist Geld. Bandname?«
»Hä?« Tilda verstand nichts.
»Wie ihr euch nennt!«
»Wir sind die BoomBoom Roses«, antwortete Amy.
Und dann ging alles ganz schnell. Aus dem Dunkel des Zuschauerraums hörten sie Al Lias' Stimme, die ein lautes »Bitte!« rief. Die drei Freundinnen sahen sich an. Dachten alle drei gleichzeitig an Masita. Und wurden überschwemmt von der Sehnsucht nach der Freundin. Daraus wurde eine Melodie, ein Rhythmus voller Schwung, wenn sie an die gemeinsamen Spiele dachten, voller dunkler Töne, wenn ihnen Masitas Verschwinden in den Sinn kam. Und voller aufgeregter, wunderschöner Melodiefetzen, hell und klar wie die Sonne. Sie hatten sich kaum auf die Melodie eingestellt, als Al Lias schon brüllte:
»Schluss! Aus!«
Die Roses erstarrten. Erst sollten sie singen und tanzen, und nun das?
»War das nicht gut?«
»Ob das nicht gut war?« Al Lias' Stimme drang wie aus dem Nichts zu ihnen. »Das war sensationell! Das ist eine Sen-sa-tion! Da muss nur ein bisschen was Fetziges an der Melodie gemacht werden. Technountermalung. Kapiert?«
»Äh.« Flo seufzte. »Kastagnetten?«
Al Lias schaute sie an, als wäre sie nicht ganz dicht. Die Terraner waren schon merkwürdig. Aber auch jetzt kam Flo nicht zum Nachdenken. Und die Freundinnen kamen schon gar nicht dazu, nach Masita zu fragen. Denn Paula schubste sie kurz darauf wieder von der Bühne, jagte sie durch die Gänge und in einen Raum voller Spiegel und Kleiderständer. Dort wartete ein halbes Dutzend Stylisten auf die drei.
»Jetzt wird der Trailer gedreht, also schön schick machen lassen. Ihr seid überall zu sehen!«
»Hä?«
Mehr brachte Flo nicht heraus, denn eine Frau bugsierte sie auf einen Stuhl, riss ihr den Hut vom Kopf und begann damit, ihr mit einem

Pinsel im Gesicht herumzufahren. Eine andere zupfte an ihren Haaren. Amy und Tilda ging es nicht anders, sie wurden frisiert, geschminkt und schließlich in die hautengen goldenen Overalls und Kleider gesteckt, in denen sie aussahen wie glitzernde Fische. Merkwürdig, aber schick.

»Überall zu sehen?«, konnte Tilda schließlich die Stylistin fragen, die ihr die rosa Socken von den Füßen rollte.

»In jedem Haus, überall. Wahnsinn. Wahnsinn!«, kreischte die Frau, die nicht viel älter zu sein schien als die Roses.

»Dann kann uns Masita vielleicht auch sehen«, presste Amy hervor, deren Lippen gerade golden angemalt wurden.

»Genau«, nuschelte Flo und musste niesen, als die Puderquaste sie in der Nase kitzelte. Keine von den dreien hätte gedacht, dass die Freundin schon in diesem Augenblick so nah bei ihnen war …

Doch wenn ich dich anschaue, sehe ich dein Herz

»Alter. Guter. Falter. Freund. Was bin ich happy, dass ich dich an meiner Seite habe. Gute Freunde sind schwerer zu finden als ein knackig grünes Blatt, das nach Marshmallows schmeckt. Und das dabei noch gesund ist. Das ist so selten wie der eine Herzensmensch, der einem einmal im Leben begegnet. Den man sieht und von dem man genau weiß, dass er einen kennt. Obwohl er dich gerade erst kennengelernt hat. Jaja, halt mich für einen Spinner. Bin ich ja auch. Wir Raupler können ganz schön lange Seidenfäden machen, aber … Herrje! Al Lias brüllt hier rum, dass mir die grünen Ohren dröhnen. Was hat der denn schon wieder?«

Weiter, weiter! Zeit ist Geld!« Al Lias' Stimme hallt durch den Saal, als meine Freundinnen und ich wieder auf die Bühne treten. Dieses Mal haben wir alle vier Klamotten in schillernden Regenbogenfarben an. Flo steckt in einem Hosenanzug, auf dem Kopf sitzt ein schiefer Hut. Tildas Rock schwingt hin und her, der von Amy liegt eng an ihren Beinen, die in kniehohen Stiefeln stecken. Mein Outfit sieht zwar aus, als wäre es aus schillernder Luft, aber es ist bleischwer. In die Bluse mit den flatternden Ärmeln und in den tulpenförmigen Rock sind Hunderte winziger Lämpchen eingewoben, die den Stoff zum Leuchten bringen. Selbst die roten, blauen und weißen Blumen, die man mir ins Haar geflochten hat, leuchten, wenn ich den kleinen Batteriekasten anschalte, der um meinen Bauch geschnallt ist. Ehrlich gesagt muss ich mir das Lachen verkneifen, als ich meine Freundinnen so sehe. Sie wirken wie … aus einer ganz anderen Welt. Aber da sind wir ja auch, in einer anderen Welt. Und in der herrschen offenbar ganz andere Gesetze als zu Hause im Wolkenparadies. Eines hat mit Zeit und Geld zu tun, wie ich annehme, denn der Boss schwadroniert schon wieder über verlorene Zeit. Als ich eben darüber nachdenke, wie in aller Welt man denn Zeit verlieren kann, wird es stockdunkel. Das ist das Stichwort: Bei den ersten Takten, die Amy und Tilda summen, schalte ich die Batterie an.

Sofort beginne ich zu leuchten, und aus dem Publikum ist ein begeistertes Raunen zu hören. Applaus brandet auf, umfängt mich wie eine warme Woge. Ich nicke meinen Freundinnen zu – und dann ist sie da. Die Melodie. Unsere Melodie.

Wir sind die BoomBoom Roses.

Wir singen.

Wir tanzen.

Wir sind die BoomBoom Roses.

Alles andere um uns herum verschwindet, wird winzig. Blass. Leise.

Wir sind die BoomBoom Roses.

Wir sind da.

Alle vier.

Und es ist gut.

Und dann ist gar nichts mehr gut.

Aus unserem Song wird ein gewitterlautes Wummern, das einem durch und durch geht. Ich zucke vor Schreck zusammen, aber das fällt keinem auf. Wahrscheinlich passt das Zucken haargenau zur Musik. Da zuckt und hetzt und schreit es auch. Und ich finde es ... völlig daneben.
»Danke! Aus! Im Kasten!« Al Lias' Stimme holt uns in die Wirklichkeit zurück. »Das nehmen wir. Aber am Sound muss was gemacht werden. Mehr Techno! Mehr Beats!«
Ich habe keine Ahnung, was er meint. Denn es ist schon schlimm genug in meinen Ohren. Und ich will es wohl auch gar nicht wissen. Ich mag unseren Song genau so, wie er ist. Und bitte ohne das ganze Wumms und Bumms!
»Ich mag unseren ...«, will ich sagen, da springt Al Lias auf die Bühne. »Gekauft, alle vier!«, ruft er und schaut auf seine Uhr, die so groß ist wie meine ganze Hand. Muss mächtig schwer sein, das Teil. »In einer halben Stunde in meinem Büro, dann machen wir den Vertrag. Und ich bring euch ganz groß raus. ‚Rosi und die BoomBoom Roses'. Ja!«
Ich schätze, Rosi bin ich, denn er hat mit dem Finger direkt auf mich gezeigt. Ist zwar nett, wie eine Blume zu heißen, und Rosen mag ich wirklich sehr gerne. Aber mein eigener Name gefällt mir entschieden besser. Das will ich dem Boss auch sagen, als plötzlich TomTom und seine Jungs auf die Bühne springen.
»Was soll das?« Al Lias blafft die Jungs an.
»Wir sind die Manager!«, ruft der Wannabee-Chef.
Charly und Spotty hinter ihm nicken heftig.
»Ihr?« Der Boss grinst.
»Wir haben Mas... äh, Rosi entdeckt.« TomTom wirft sich in die Brust und wirkt beinahe überzeugend. Al Lias zuckt mit den Schultern.
»Macht was und seid, wer ihr wollt. Nicht mein Problem, für so was hab ich keine Zeit.« Wieder schaut er auf den übergroßen Zeitmesser an seinem Handgelenk.
»Noch achtundzwanzig Minuten«, gibt er bekannt, ehe er davon hetzt. Paula mit dem Klemmbrett rennt hinter ihm her.

»Uff.«

Tilda seufzt. Amy und Flo wischen sich den Schweiß von der Stirn. Und auch ich merke erst jetzt, wie anstrengend unser Auftritt eben war. Mit einem Mal kommt mir die Luft hier im Saal stickig vor und das Licht viel zu grell. Ich will raus. Das sage ich den anderen, und die sind sofort mit dabei. Irgendwie schaffen wir es auch tatsächlich, in all den Gängen und Treppenhäusern den Weg nach draußen zu finden. An der Seite des Glaspalastes ist eine ganz normale Tür, kein sich drehendes Ding. Was die Roses ein wenig schade finden, aber mir ist es völlig wurscht, wie ich an die frische Luft komme.

Die so frisch gar nicht ist, denn auf der Straße reihen sich die Blechkisten aneinander. Menschen hetzen über die Gehsteige, alles ist grau. Fast alles: Mittendrin steht das himmelblaue Küchenfahrrad von PotCurry! Als ich hinter den Wannabees (TomTom hält uns mit großspuriger Geste die Tür auf, als würde der Glaspalast ihm gehören) ins Freie trete und die mobile Küche sehe, macht mein Herz lustige kleine Hüpfer. Ich winke in PotCurrys Richtung. Es dauert einen Moment, bis er uns sieht. Dann strahlt er. Und wie! Sein ganzes Gesicht ist ein einziges Lächeln, und sogar auf diese Entfernung kann ich sehen, wie seine Augen blitzen.

»Na, der kommt ja gerade richtig«, ruft Charly und steuert auf das Kochfahrrad zu. Wir alle folgen ihm, und unterwegs erkläre ich meinen Freundinnen in der Kurzfassung, wer PotCurry ist. Mein neuer Freund nämlich, ein ganz besonderer Mensch. Tilda kichert, Amy lässt ein »So, so« hören, und Flo macht nur »Ooooooh!«.

Die Jungs werfen sich in die Brust und gehen breitbeinig auf PotCurry zu. »Los, Bambusratte, mach mal ein paar Säfte klar, wir haben was zu feiern!«, ruft TomTom, als er die mobile Küche erreicht hat. PotCurry zuckt zusammen, kaum merklich zwar, aber ich sehe es trotzdem.

»Hallo«, sage ich deswegen freundlich und bekomme dafür ein strahlendes Lächeln, während der Suppenkoch mit Bechern und Flaschen hantiert. Dann reicht er mir ein knallrotes Getränk.

»Genau so, das ist die Leadsängerin, Rosi von den Roses«, stellt Charly fest und schnappt sich einen Becher, den er in einem Zug leert. Ich nippe erst mal. Der Saft ist kühl. Süß. Aber nicht zu süß, unter den fruchtigen Geschmack mischt sich etwas Säuerliches. Er ist lecker, sehr sogar!

»Das sind Amy, Tilda und Flo«, stelle ich meine Freundinnen vor. Zum Glück reißen sie sich zusammen und kichern nicht so albern. PotCurry gibt allen einen Saft.

»Freut mich, euch kennenzulernen«, sagt er.

»Freut mich, euch kennenzulernen«, äfft TomTom ihn nach und reißt einen Becher an sich. Dabei schwappt Saft auf sein Shirt. »Dich will sowieso keiner kennenlernen, also spar dir das Gesülze.«

»Aber er hat doch nur Hallo gesagt!«, protestiert Flo. Die liebe gute Flo! Ich könnte sie knuddeln dafür.

»Eben, das ist doch nett«, sagt nun auch Tilda und schlürft begeistert ihren Saft. »Dasch isch schuper lecker.« Mit vollem Mund spricht man eben nicht – jetzt ist Tildas Glitzerkostüm voller roter Saftspritzer. Amy kichert. Auch PotCurry lächelt, ehe er sich bückt und damit beginnt, Papierservietten zu kleinen Kunstwerken zu falten.

TomTom rülpst und wirft seinen leeren Becher hinter die mobile Küche.

»So, Rosi, dann wollen wir mal Karriere machen.« Er legt den Arm um mich. Mich schüttelt es, aber ich versuche, mir nichts anmerken zu lassen.

»Ach ja, und wie?« Flo baut sich vor dem Wannabee-Chef auf.

»Mit uns als Manager. Ihr singt und tanzt und seht klasse aus, und wir scheffeln das Geld. So einfach.«

»Geld?« Tilda sieht TomTom fragend an.

»Kohle, Steine, Schotter, Kies!« Charly lacht. »Reich werden eben! Yeah!« Er dreht eine Pirouette, wobei der restliche rote Saft aus dem Becher spritzt. Immerhin kommt er ohne Flecken auf seiner Hose davon.

»Aber wir wollen …«, versuche ich zu sagen, komme aber nicht weiter, denn Spotty zappelt los und legt einen irren Tanz auf den Beton. Eigentlich will ich den Jungs erklären, dass uns Geld herzlich egal ist.

Dass wir sehr gerne singen und tanzen und dass wir glücklich sind, wenn wir anderen damit eine Freude machen können. Und dass ich irgendetwas, von dem ich selbst keine Ahnung habe, hier in der Erdenwelt zu erledigen habe. Ich kann mir nicht vorstellen, dass meine Aufgabe, für die ich mein Zuhause verlassen habe und für die ich über die Regenbogenbrücke gegangen bin, darin besteht, in einem Glaspalast zu merkwürdigen Melodien zu singen und dabei alberne Klamotten zu tragen.
»Vielleicht fragt ihr die Mädchen erst mal, was sie überhaupt wollen?« Das war PotCurry. Alle fahren herum, Spotty hält mitten in einer akrobatischen Verrenkung inne. TomTom geht so dicht an das Küchenfahrrad heran, dass er dagegen stößt. Dann beugt er sich zu PotCurry, bis sich ihre Nasen fast berühren.
»Sag mal, du Null, hat dich irgendwer nach deiner Meinung gefragt?«
Oh, oh! Ich gehe einen Schritt auf die beiden zu. Sehe PotCurry eindringlich an und schicke ihm gute Gedanken. Er schielt an TomTom vorbei, unsere Blicke begegnen sich. Und da sind sie wieder, die kleinen Hüpfer in meinem Herzen. PotCurry lächelt und hält erst meinem, dann TomToms Blick stand. Als er mit fester Stimme sagt: »Das ist ein freies Land und auch ich darf meine Meinung sagen«, bin ich mächtig stolz auf ihn.
TomTom holt Luft und ballt die Fäuste. In dem Moment hüpft Amy nach vorne und legt ihm die Hand auf die Schulter.
»Wir wollen! Wir machen mit!« Ich bin zwar nicht so ganz ihrer Meinung, aber dennoch bin ich meiner Freundin dankbar, dass sie die Situation gerettet hat. Vielleicht ist es ja auch ganz gut, wenn wir noch eine Weile mitspielen. Diese komische Musik machen. Ich bin mir ziemlich sicher, dass unsere Melodie stark genug ist, sich dann zum richtigen Zeitpunkt durchzusetzen. Denn sie kommt aus unseren Herzen. Und etwas Stärkeres gibt es nicht.
TomTom pustet die Luft raus und dreht sich betont langsam um.
»Na, geht doch.«
TomTom nickt. Und dann zuckt er zusammen, als hätte ihn jemand

gepikt und die Luft rausgelassen. Mit einem Schlag wirkt er kleiner, und das Grinsen in seinem Gesicht ist wie weggewischt. Ich folge seinem Blick: Sharky! Der unangenehme Typ schlendert, die Hände in den Taschen seiner Anzughose, langsam auf uns zu und sieht dabei aus, als würde der Gehsteig ihm gehören. Einen Meter vor PotCurrys Suppenküche bleibt er stehen und mustert mich und meine Freundinnen.
»Wuuuuuuhhhh, wen haben wir denn da?« Sharky leckt sich über die Lippen. »Ihr seht ja süß aus!«
Die Roses reißen die Augen auf, und wir alle treten automatisch zwei Schritte zurück. Trotzdem kitzelt der herbsüße Geruch von Sharkys Parfum mich in der Nase.
»Und die Wannabees stehen auch dumm rum.« Sharky schnalzt missbilligend mit der Zunge.
»Wir … äh … ich …«
TomTom ist wieder auf normale Größe geschrumpft und stottert. Der eben noch so taffe Manager ist wieder ein ganz normaler Junge. Na ja, einer, dem nicht ganz wohl ist in seiner Haut. Und das kann ich auch verstehen, dieser Sharky ist wirklich keiner, mit dem man gerne zu tun hat. Allein seine knarzige Stimme jagt mir Gänsehaut über den Rücken.
»Ihr habt einen Auftrag. Schon vergessen?«
Sharky zieht die Nase hoch. Charly und Spotty sehen sich verunsichert an.
»Ähm, also … hallo und so.« Wieder ist es Amy, die die Situation rettet. Sie baut sich vor Sharky auf und strahlt ihn an.
»Merk dir das, Kleine«, schnurrt Sharky, »vergiss diese Loser. Hier spielt die Musik.« Er zeigt mit dem Daumen auf sich selbst.
»Musik ist klasse, machst du auch Musik?« Tilda geht einen Schritt vor.
»Klar macht Mister Sharky Musik.« TomTom hat die Sprache offensichtlich wiedergefunden. »Auf deinen Knochen, nehm ich mal an. Oder auf denen von der Bambusratte.«
Bei den letzten Worten fixiert er PotCurry. Dieser hält dem eiskalten Blick stand. Meistens bin ich ja ungeduldig, wenn Tilda so schwer von

Begriff ist. Aber jetzt, in diesem Moment, finde ich es super, dass meine Freundin so naiv ist. Sharky nämlich fängt an zu lachen, tippt sich an die Stirn und schlendert mit den Worten »Die Zeit läuft!« davon.
Man kann die Erleichterung der Wannabees mit den Händen greifen. Und auch PotCurry sieht wesentlich entspannter aus, als Sharky um die Ecke verschwunden ist.
»Puhuuuu!« Charly wirft sich auf den Boden und kreiselt um sich selbst. Spotty klatscht mit den Händen den Takt. Amys Beine beginnen zu zappeln, Tilda summt eine Melodie, und kurz darauf wirbeln und tanzen meine Roses mit den Wannabees um die Wette.
»Magst du noch einen Saft?« PotCurry stupst mich an der Schulter. Ich schüttele erst den Kopf, dann nicke ich. Er grinst und deutet auf zwei Obstkisten, die hinter der mobilen Suppenküche stehen. Er setzt sich auf die eine, ich auf die andere. Von hier aus kann ich die Tänzer zwar nicht mehr sehen, sie mich dafür aber auch nicht. Und ehrlich gesagt bin ich ziemlich dankbar für eine kurze Pause. Das hier in der Erdenwelt wird mir langsam alles zu viel. Zu schnell. Zu laut.
Eine Weile schweigen PotCurry und ich. Aber es ist kein unangenehmes Schweigen. Auch wenn keiner von uns ein Wort sagt, fühlt es sich gut an. So gut wie bei Vater Karl am Fuße seiner mächtigen Wurzeln. Und anders. Irgendwie … kribbeliger. Und dennoch genauso vertraut. Es ist, als würde ich PotCurry schon lange kennen. Und irgendwie tue ich das ja auch, denn ich habe ihn oft genug in meinen Träumen gesehen. Bei jedem anderen, selbst bei den Roses, wäre es mir peinlich, aber bei ihm traue ich mich zu sagen, was ich denke. Nämlich:
»Ich kenne dich. Keine Ahnung woher, wir haben uns ja noch nie getroffen. Aber ich kenne dich.«
Und so ziemlich jeder andere hätte sich an die Stirn getippt. Aber Pot-Curry sieht mich aufmerksam an.
»Ich habe noch nie einen Menschen wie dich gesehen«, sagt er.
»Und ich keinen wie dich«, muss ich zugeben und meine damit nicht seine ein bisschen dunkle Hautfarbe oder die Straßenküche. Ich meine

das, was hinter seinen schwarzglänzenden Augen ist.
»Aber irgendwie, lach nicht, kenne ich dich. Wo kommst du her?« Er beugt sich zu mir.
»Aus einer anderen Welt«, gebe ich zu. »Deine Welt und meine Welt sind miteinander verbunden. Durch die Wurzeln von Vater Karl, dem ältesten und größten Baum, den man sich nur vorstellen kann. Und wenn ich bei ihm bin, dann geht mein Herz auf Reisen.«
Als ich mich das sagen höre, hier, in dieser lauten, stinkenden Umgebung, klingt es für mich selbst wie ein großes Märchen. Aber PotCurry lacht nicht und zeigt mir auch keinen Vogel. Nein, er sieht mich weiterhin aufmerksam an.
»Das kenne ich«, sagt er schließlich. »Immer wenn ich koche, bin ich bei meiner Großmutter. Sie hat mir alles beigebracht. Über Kräuter und Gewürze – und über sehr viel mehr.«
Ich nicke. »Vater Karl ist so was wie ein Großvater für mich. Er weiß alles, kennt alles, hat schon alles gesehen. Und ... du warst auch dort bei ihm.«
PotCurry lächelt. »Ja, und du warst schon hier.«
Wieder schweigen wir eine Weile. Und reden doch miteinander. Unsere Gedanken scheinen sich auf magische Weise zu treffen, fliegen zwischen uns hin und her. Ich weiß auf einmal, wie sehr PotCurry seine Großmutter vermisst. Und er weiß, dass auch mir ein Mensch in meinem Leben fehlt. Ich berühre das Amulett. Die Leute vom Glaspalast wollten zwar, dass ich es abnehme, weil es nicht zum Glitzerkostüm passt, aber ich habe es einfach unter dem Shirt versteckt. Jetzt hole ich es hervor und drehe es in der Hand.
»Das ist wunderschön«, sagt PotCurry. »Genau wie du. Etwas ganz Besonderes.«
Vielleicht kennen wir uns doch? Wir kennen uns. Er muss mich nichts fragen, und ich muss ihm nicht antworten.
Ich weiß. Er weiß. Wir wissen.
»Wenn ich dich anschaue«, sagen PotCurry und ich gleichzeitig wie aus

einem Mund, »dann sehe ich dein Herz.«

»Hey, Reiskocher, lass unseren Star in Ruhe!« TomTom unterbricht den Moment und kommt hinter das Küchenfahrrad gestürmt.

»Wir reden doch nur!«, verteidige ich PotCurry.

Aber der Chef der Wannabes hört mir nicht zu. Er zieht PotCurry am Kragen hoch und schubst ihn hinter den Herd.

»Unsere Bambusratte hat jede Menge zu tun!«

Gibt es das? Wie geht TomTom mit PotCurry um? Aus dem angenehmen Kribbeln in meinem Bauch und dem eben noch so entspannten Gefühl wird giftige, brodelnde Wut. Ein Gefühl, das ich von mir nicht kenne. Aber so geht's ja nun wirklich nicht!

»Was habt ihr eigentlich für ein Problem?«, schnauze ich TomTom an. Die Roses reißen die Augen auf. Würde ich an ihrer Stelle genauso machen, denn so habe ich mich selbst auch noch nie erlebt. »PotCurry ist immer nett zu euch. Er gibt euch leckeres Essen umsonst, ihr bezahlt nichts für die Getränke und …«

Ich stocke. Was ist das? In meinem Beutelchen, das ich unter dem Kleid versteckt habe, vibriert etwas. Ich starre auf meinen Bauch und tatsächlich: Durch den Glitzerstoff dringt ein blaues Leuchten. Der Zauberstein von Tante SoSo! Es beruhigt mich ungemein, dass wenigstens dessen Zauberkraft hier in der Erdenwelt funktioniert, wenn schon das Snoopen nicht klappt. Das Leuchten des Steines zu sehen, die Vibration zu spüren, gibt mir Kraft. Außer mir scheint das aber niemandem aufzufallen, und das ist gut so. Auf merkwürdige Blicke und Fragen habe ich jetzt keine Lust. »Das Gute, es ist immer da, das reine Herz ist immer wahr«, murmele ich.

»Der soll kochen und gut ist«, mischt sich Charly ein.

»Und seine Nase nicht in fremde Angelegenheiten stecken«, pflichtet Spotty seinem Kumpel bei.

»Außerdem hat der von Management doch keine Ahnung.«

TomTom lacht hämisch. Mir reicht's. Und dem Zauberstein auch. Das Leuchten hört auf, aber ich spüre seine Wärme.

»Also, da wo wir herkommen, behandelt man die Menschen freundlich. Jeder verdient Respekt!« Vor Wut stampfe ich auf.
»Verdienen ist gut. Der Boss wartet.« TomTom scheint nichts zu kapieren.
»Masita, komm schon, Al Lias will uns doch berühmt machen«, nörgelt nun auch Tilda.
»Jaaa! Wir werden in der ganzen Erdenwelt zu sehen sein!« Flo breitet die Arme aus.
»Wollen wir das wirklich?«, rutscht es mir raus. Ich denke an die Musik, die nicht zu uns passt. An den komischen Tanz, der vielleicht gut aussieht, aber einfach nur anstrengend ist. Und an die unbequemen, kratzenden Kostüme, in die sie uns gesteckt haben.
»Masita, wir sind eure Berater. Und wo wir sind, da ist auch Geld.« TomTom wippt auf den Füßen.
»Und schlechte Laune. Nein danke.« Ich verschränke die Arme vor der Brust.
»Jetzt sei doch nicht so, nur weil ich der Küchenschabe da …«
»Halt die Klappe!«
Meine Stimme überschlägt sich beinahe, als ich TomTom anbrülle. PotCurry schüttelt hinter seinem Stand den Kopf. Ich weiß, was er denkt. Nicke ihm zu. Und schnappe mir dann meine Freundinnen.
»Wir gehen alleine da rein. Nur die BoomBoom Roses«, gebe ich bekannt. »Und wenn wir ganz vielleicht möglicherweise irgendwann euren Rat brauchen, dann werdet ihr das schon erfahren.«
»Puh, du bist ja komisch drauf«, flüstert Amy. Als wir die Tür zum Seiteneingang erreichen, drehe ich mich noch mal um. Die Wannabees haben PotCurrys Küche umringt. TomTom hat den Arm um ihn gelegt. Von seinen Lippen kann ich ablesen, dass er etwas von »Rezepte« und »Kochbuch« sagt. PotCurry schüttelt den Kopf, woraufhin TomTom ihn wegschubst. Dann schlendern die Wannabees davon.

Lass dein Herz dein Kompass sein

»Hach. Ahahaaaalter Fahahaaaalter. Ich glaube, Masita ist verknallt. Wie war das noch mit dem Herzensmenschen? Ich denke, sie hat ihren gerade gefunden. Ist. Das. Schön. Zum Dunkelgrünwerden. Muss man genießen. Müsste man. Aber die Wannabees nehmen sich ja mal wieder so immens absolut krachend wichtig. Pah. Wissen die nicht, dass es manchmal am besten ist, einfach so in der Sonne zu sitzen und zu chillen?«

Ich würde gerne ein bisschen nachdenken. Mich in Ruhe irgendwo hinsetzen. Vielleicht ein, zwei Lieder mit Amy, Tilda und Flo singen. Aber dazu kommt es nicht, denn kaum haben wir den Glaspalast betreten, stürmt Klemmbrett-Paula auf uns zu.
»WotreibtihreuchdennrumderBosswartetundZeitistGeldalsobeeilteuchgefälligstesgehtweiter!«, rattert sie los. Als wären wir KriKris Hühnerschar, treibt sie uns vor sich her und scheucht uns ins Studio. Dort wartet schon eine ganze Horde Menschen auf uns. Alle schnattern und plappern. Wie ein Hühnerhaufen eben. Und plötzlich sind die Roses und ich mittendrin. Da wird an uns gezubbelt und gezerrt, mit Puderquasten durchs Gesicht gefeudelt, wir müssen die kratzenden Glitzersachen aus- und andere wieder anziehen.
Über all dem Gewusel und Gewimmel ist die Stimme von Al Lias aus den Lautsprechern kaum zu hören. »Kostüm!«, ruft er. Oder: »Das muss schneller gehen!«

Mir wird richtig heiß, und gleich darauf fange ich das Schwitzen an. Immer wieder muss ich in andere Klamotten schlüpfen, werden meine Haare gekämmt, muss ich andere Schuhe anprobieren. Ich bin schon ganz außer Atem. Als ich zu meinen Freundinnen schiele, sehe ich, dass es ihnen auch nicht anders geht. Aber sie strahlen. Was ich auch verstehen kann: Es macht irgendwie Spaß, und mal ehrlich, wenn Paula verzückt kreischt, wie hübsch wir sind – das geht schon runter wie Öl. Ein paar Minuten später fühlt sich mein Gesicht an, als ob es eingefroren wäre. Zum einen habe ich ziemlich viel Zeugs auf der Haut, immer wieder wedelt mir jemand mit der Puderquaste über die Nase. Zum anderen hüpft ein Fotograf um uns rum, der lautstark verlangt, dass wir lächeln. Der Typ ist beinahe so aufgedreht wie Klemmbrett-Paula. Von der ganzen Blitzerei sehe ich bald nur noch weiße Klötzchen vor den Augen. Und muss lächeln, lächeln, lächeln.
Meinen Freundinnen scheint das weniger auszumachen als mir. Tilda kreischt verzückt.
»Perfekt, noch mal, umdrehen, genau, Kopf zurück!«, ruft der Fotograf. Amy wirft sich in Pose, Flo wirft der Kamera Kusshändchen zu.
»Das wird die Titelstory! Alle großen Zeitungen wollen dieses Foto!« Endlich, endlich ist der Mann fertig.
»Alle wollen Rosi und die BoomBoom Roses!«
Ich will mir über die tränenden Augen wischen. Aber noch ehe ich die Hand richtig gehoben habe, kommt schon eine von den Make-up-Mädels angerauscht und tupft mir mit einem Tuch unter den Augen rum. Nicht mal das darf ich allein! Innerlich knurre ich. Was auch daran liegt, dass dieses komische Kleid kratzt wie Hölle. Es sieht ein bisschen so aus wie mein eigenes, allerdings ist das hier aus steifem weißem Stoff und die aufgenähten Blumen aus Plastik. Ziemlich tot. Am liebsten würde ich mir das Ding vom Leib reißen.
»Fan-tas-tisch!« Al Lias stürmt in den Raum, und zwischen all den Maskenbildnern, Kostümfuzzis und Klemmbrettmenschen bildet sich eine Gasse, durch die der Boss schreitet.

»Sag ich doch!«, ruft Al Lias und breitet die Arme aus. »Ihr hattet schon einen ganz guten Stil, der muss nur ein bisschen mehr nach Bühne aussehen.«

Ein bisschen mehr nach Bühne? Ich finde, wir sehen völlig albern aus. Alles glitzert, alles pikst. Am schlimmsten hat es Tilda getroffen: Die muss eine rosa Perücke aufsetzen. Darunter sieht sie aus wie ein gerupftes Huhn. Und dessen Federn scheinen allesamt in Flos aufgetürmten Haaren zu stecken. Amy mit einer schrillen Glitzerkappe sieht dagegen fast normal aus.

»Das ist hip! Das ist modern!« Al Lias kriegt sich fast nicht ein, als er uns ansieht. Ich versuche, in seine Augen zu blicken. Ich sehe den Menschen gerne in die Augen. Augen sind wie kleine Fenster, in denen man das Herz sehen kann. Aber der Boss sieht mich nie lange genug an, damit ich seinen Blick einfangen kann.

»Und jetzt ab auf die Bühne. Trailer drehen. Zeit ist Geld!«

Schon ist er wieder verschwunden. Ich taste nach dem Amulett unter meinem steifen, kratzigen Kleid. Immerhin das habe ich noch. Der Beutel mit meinen Schätzen liegt auf einem Schminktisch zwischen lauter Tiegeln und Töpfen, die aussehen wie aus der Werkstatt eines Malers. Paula hat mir versprochen, dass niemand ihn anfasst. Ich muss ihr glauben. Und habe sowieso keine Zeit, darüber nachzudenken, denn alle hetzen jetzt Richtung Bühne. Schieben uns in die Mitte. Die Scheinwerfer flammen auf. Amy sieht mich fragend an. Tilda zuckt mit den Schultern und Flo verdreht die Augen.

»Musik an!« Al Lias' Stimme hallt aus einem Lautsprecher. Ich blinzele gegen die Scheinwerfer, kann aber im dunklen Saal nichts erkennen. Links von uns hebt sich etwas aus dem Boden. Menschen. Die auf Stühlen sitzen und Instrumente haben. Geigen. Trommeln. Trompeten. Die Musiker tragen silbern glitzernde Hüte. Das Licht im Saal flackert in allen Farben, die man sich nur vorstellen kann.

Dann zählt eine unsichtbare Stimme: »Eins, zwei und drei!«

Eine Sekunde lang herrscht absolute Stille. Und obwohl keiner der

Musiker wirklich spielt – das würde ich nämlich hören, der Orchestergraben ist jetzt direkt neben mir – bricht ein höllischer Lärm los. Es wummert, es brummt, es kreischt. Irgendwo unter all den schrägen, schnellen Tönen verborgen erkenne ich unser Lied. Aber nur in Bruchstücken. Und die sind noch kleiner und leiser als vorhin. Eigentlich ist da jetzt nur noch Techno. Elektronische Musik. Die nur laut, laut, laut ist. Ich erschrecke mich dermaßen, dass ich den Mund aufreiße, aber keinen Ton herausbringe. Tilda, Amy und Flo sehen ähnlich bedröppelt aus.

»Aus! Schluss!« Al Lias' Stimme übertönt die schnelle Musik. »Noch mal von vorne!«

Die Musiker fahren nach unten, die Lichter gehen aus. Dann hebt sich der Orchestergraben wieder, das Licht pulsiert und der hämmernde Beat geht von Neuem los. Tilda kriegt als Erste die Kurve und versucht, sich im Takt zu bewegen. Amy tut es ihr nach, was ein bisschen abgehackt aussieht. Flo wippt erst nur leicht mit dem Kopf, bekommt dann aber so was wie Tanzschritte hin. Als mein Gesangspart losgeht, stolpere ich über die Zeilen. Zum Glück nicht über meine Füße, bei dem Rhythmus wäre das kein Wunder.

»Stop!« Oh. Al Lias klingt nicht nett. Die Musik hört abrupt auf. Die Musiker senken die Instrumente, auf denen sie sowieso nicht spielen, und verdrehen die Augen.

»Rosi, da schlafen einem ja die Füße ein!«, brüllt der Boss.

Einen Moment lang frage ich mich, wen er meint. Dann fällt mir ein, dass ich Rosi bin. Ich will etwas erwidern, will sagen, dass das hier nichts mehr mit den BoomBoom Roses und unserer Musik zu tun hat. Aber dazu komme ich nicht, denn Al Lias wettert weiter.

»So werdet ihr nie zu Stars! Reißt euch gefälligst zusammen! Wisst ihr, was das alles hier kostet?«

»Aber ich …«, sage ich.

Keine Chance. Die Tirade geht weiter. Al Lias' Stimme überschlägt sich beinahe. Wäre er nicht so wütend, würde es beinahe albern klingen.

»Was glaubt ihr eigentlich, wie viele Mädchen an eurer Stelle sein wollen? Entweder kriegt ihr jetzt die verdammte Kurve, oder ihr seid weg vom Fenster, verstanden?«

Amy schnieft. Tilda hat Tränen in den Augen. Flo starrt auf ihre Füße, die in glitzernden Stiefeln stecken. Und dann höre ich es. Ganz leise erst, sodass ich denke, ich bilde mir das alles nur ein. Aber dann ist es da, fast zum Greifen nah: Vater Karls Lied. Seine Melodie. Sie ist in mir.

»Wohin die Winde dich auch tragen, du kannst immer dein Herz befragen«, höre ich das Summen des uralten Baumes. »Lass dein Herz dein Kompass sein, dein reines Herz, es bleibe rein.«

Mein Herz krampft sich zusammen, und ich fasse unwillkürlich dorthin, wo das Amulett meine Haut berührt.

»Ja«, flüstere ich und nicke. Und dann denke ich, dass das alles hier nicht echt ist. Das ist nicht unsere Musik.

»Einen Moment mal!«, rufe ich ins Dunkel.

Dann winke ich meine Freundinnen zu mir. Wir stecken die Köpfe zusammen. Drei Augenpaare sehen mich fragend an.

»Was soll das, Masita?«, flüstert Flo. »Das läuft doch toll …«

Ich weiß, dass die BoomBoom Roses das hier genießen. Wer erlebt schon mal so etwas Cooles? Aber es ist eben – nicht echt.

»Das ist nicht echt«, flüstere ich zurück. Amy scheint als Erste zu verstehen. Sie nickt und schielt zu Tilda. Die wackelt mit dem Kopf.

»Was ist jetzt?«, schrillt die unsichtbare Stimme über unseren Köpfen.

»Moment noch!«, brülle ich und sehe meinen Freundinnen einer nach der anderen in die Augen. Bis ich ganz sicher sein kann, dass ich ihre Aufmerksamkeit zu tausend Prozent habe und sie wissen, wie ernst es mir ist.

»Ich mache gerne mit euch Musik«, wispere ich. »Und wenn ihr hier Spaß habt, dann lasst uns weitermachen. Aber … bitte vergesst nie, nie, nie unsere Melodie.«

»Aber was sollen wir tun?«, will Tilda wissen.

»Wir tun so, als ob alles gut ist. Und dann singen wir ohne diese Musik.«

»Hä?« Flo reißt die Augen auf.
»Na, irgendwann muss ja das Lied vorbei sein. Und dann machen wir einfach weiter. Mit unserem Song.«
Einundzwanzig. Zweiundzwanzig. Es dauert einen Augenblick. Dann strahlen alle drei und nicken.
»Abgemacht!«, ruft Flo jetzt laut. »Seit immer, für immer!«
»Seit immer, für immer!«, stimmen wir anderen ein. Als wir uns umdrehen, werden wir von den Scheinwerfern geblendet.
Der Orchestergraben verschwindet im Nichts. Meine Freundinnen holen tief Luft. Das Licht geht aus – und gleich darauf gleißend wieder an. Ich habe keine Ahnung, wo er plötzlich herkommt, aber auf einen Schlag steht Al Lias mitten auf der Bühne.
»Mir platzt gleich der Kragen«, donnert er los. Und zwar so laut, dass es auch ohne Lautsprecher ziemlich verstärkt klingt. Sein Kopf ist knallrot angelaufen und seine Augen nur noch kleine Schlitze. Wieder habe ich keine Chance, in sein Inneres zu blicken. Aber so, wie er sich aufführt, habe ich dazu auch keine Lust, denn dort sähe ich vermutlich nur giftige Galle.
»Was bildest du Grünschnabel dir eigentlich ein?«
Er tritt einen Schritt auf mich zu. Ich kann sein Parfum riechen (harzig, lecker irgendwie) und seinen Atem spüren.
Er schnappt nach Luft. »Träum hier nicht rum, Zeit ist Geld!« Er ballt die Hände zu Fäusten und verzieht die Lippen.
Er sieht gar gar gar nicht nett aus. Ich halte seinem eisigen Blick nicht stand und starre zu Boden.
Mit einem Mal scheint seine Wut sich in Luft aufzulösen.
»Rosi, Mädchen, ihr macht jetzt fünf Minuten Pause«, säuselt er.
Meine Freundinnen atmen auf. Allerdings nur, bis der Boss weiterspricht. Mit viel zu ruhiger Stimme, als wäre er eine Schlange, die das Beutetier schon gewittert hat.
»Und dann kommt ihr wieder und habt überlegt, warum ihr hier seid. Ich erwarte tausend Prozent Leistung, und wenn ich die in fünf Minu-

ten nicht von euch habe, dann war's das. Schluss, aus mit dem Berühmtwerden.« Er wirbelt herum und brüllt in den stockdusteren Zuschauerraum: »Was glotzt ihr so? Habt ihr nichts zu tun? Ich bezahle euch, also bewegt eure Hintern und tut was für euer Geld!«

Ich schleiche nach hinten. Die Roses folgen mir. Amys Lippen zittern, und ich befürchte, sie heult gleich los. So eine Standpauke hat uns noch niemand gehalten, nicht mal Tante SoSo.

»Masita, was ist los mit dir? Du bist gar nicht bei der Sache.« Tilda schüttelt unwillig den Kopf.

»Ja.« Flo nickt, aber nur ganz vorsichtig, damit der Frisurenturm auf ihrem Kopf nicht umfällt. »Du verdirbst uns noch diese Chance. Denk dran, unsere Bilder, wir, wir werden überall zu sehen sein!«

Amy schiebt ihre glitzernde Kappe nach hinten. »Genau«, schnieft sie.

»Das wird nicht klappen mit unserer Melodie.« Auch Tilda, die eben noch so entschlossen aussah, scheint in sich zusammenzufallen.

Kann das sein? Da stehen meine Freundinnen, die ich kenne, seit ich denken kann. Werden in kratzende, kneifende Klamotten gesteckt, sollen zu kreischender, blökender Musik tanzen, und das finden sie auch noch toll? Das kann ich nicht glauben. Will ich nicht glauben. Aber ich weiß, was zu tun ist.

»Wartet hier!«, rufe ich, renne los, durch die Bühnentür, an Klemmbrett-Paula vorbei, die mir irgendetwas hinterher ruft, sause in die Garderobe und kralle mir mein Beutelchen. Ich muss nur kurz wühlen, dann halte ich den Stein in Händen. Den Magischen Stein, den Tante SoSo mir zum Abschied gegeben hat. Ich schließe meine Hand um den kühlen, kleinen Klotz. Schließe die Augen. Atme tief ein. Wieder aus. Dann öffne ich meine Hand.

Der Stein leuchtet. Ganz schwach nur, es ist eher ein sanftes Glimmen. Aber er leuchtet. Das Blau dringt in meine Augen und landet von dort aus direkt in meiner Seele.

Ich weiß, dass das, was ich fühle, richtig ist. Ich muss es nur noch meinen Freundinnen sagen.

Die warten wie begossene Pudel in einer Ecke der Bühne und starren jede vor sich hin. Ich hole tief Luft, drücke den Stein in meiner Hand und beginne zu reden. Das heißt, vorher muss ich ein paar Grimassen schneiden. Die Lippen spitzen, die Backen aufpusten. Denn meine Wangen scheinen vom falschen Dauerlächeln eingefroren zu sein. Dann frage ich meine Freundinnen rund heraus: »Wollt ihr das hier alles wirklich?«
Sie sehen mich so bedröppelt an wie Natias, dem jemand einen Eimer Wasser über die grauen Ohren geschüttet hat. Ich fahre einfach fort.
»Mir ist das zu anstrengend. Ich habe keine Lust, mich die ganze Zeit von einem gestressten Boss anschreien zu lassen. Alle Leute hier sind nur hektisch. Niemand hat Spaß an der Musik.«
Amy nickt. Tilda und Flo starren mich mit offenen Mündern an.
»Wozu sollen wir Musik machen, wenn keiner Freude daran hat?« Ich hole tief Luft. »Außerdem … Rosi. So ein blöder Name. So heiße ich nicht. So bin ich nicht. Das hier«, ich zupfe an meinem Kleid, »bin nicht ich.«
Und es ist sicher nicht der Grund, warum ich in die Erdenwelt gekommen bin. Warum ich hier bin, weiß ich immer noch nicht. Ich weiß nur, dass sich das Ganze hier falsch anfühlt.
»Unser Lied ist nicht mehr unser Lied«, lege ich nach.
Jetzt kommt Leben in Flo.
»Masita, der Boss hat gesagt, wenn wir erst ganz oben sind, dann können wir machen, was wir wollen! Aber doch nicht einfach so, ohne dass er es erlaubt!«
Ich lache. Voller Verzweiflung. So lache ich sonst nie. »Wir haben immer gemacht, was wir wollten. Dazu müssen wir nicht irgendwo oben sein.« Ich sehe eine nach der anderen an. »Wollt ihr in Zukunft immer so rumlaufen? Immer singen und tanzen, was andere euch befehlen? Nur noch Puppen sein und nicht mehr ihr selbst?«
Die BoomBoom Roses seufzen unisono.
Dann nimmt Amy ihre komische Kappe vom Kopf.

»Nein«, sagt sie.
»Nein«, sagen auch Flo und Tilda. Ich atme auf und ziehe eine der toten Plastikblumen von meinem Kleid. So tot wie dieses Ding dürfen wir nie werden! Noch einmal stecken wir die Köpfe zusammen. Und es ist gut, dass niemand im Glaspalast hört, was wir flüstern.

Zeit ist nicht Geld.
Zeit ist Leben

»Hör auf zu lachen! Alter Falter, ja, mir steht so ein Glitzerfummel nicht. Ich sehe aus wie eine grüne Leberwurst, die in Flitter gefallen ist. Ich zieh es ja schon aus. Verkleiden ist sowieso nicht so mein Ding. Das mache ich ernsthaft nur einmal im Leben, wenn ich in meinen Kokon schlüpfe. Aber wer Spaß dran hat, sich mal anders zu fühlen, der kann es von mir aus gerne mit Klamotten, Perücken und Schminke probieren. Solange er oder sie noch er oder sie selbst bleibt. Macht ja auch wenig Sinn auszusehen wie ein Clown, wenn man sich innen wie ein Nerd fühlt. Oder umgekehrt. Was? Siehst du das? Um aller lieben Blätter Willen, was macht Masita da auf der Bühne?«

Alle in Position, weiter geht's!« Al Lias' Lautsprecherstimme reißt uns aus unseren Gedanken, in denen wir stumm und doch so laut denselben Entschluss gefasst haben.
»Bewegt eure Hintern, Mädchen. Mehr Konzentration jetzt, Rosi! Zeit ist Geld, und Zeit haben wir heute schon genug verloren!«
Der Boss klingt wie ein ratternder Motor. Einer mit enorm schlechter Laune. Ich hole tief, tief Luft und drücke den Stein. Er vibriert in meiner Hand.
Dann wummert die Musik los. Und wir wissen, was zu tun ist. Zuerst bewegen wir uns in diesem wilden, viel zu schnellen und viel zu lauten

Takt. Werfen unsere Arme in die Luft, drehen uns wie Kreisel und grinsen gekünstelt. Das geht zehn, zwanzig Sekunden lang so. Und dann bleiben wir alle wie auf ein geheimes Kommando hin stehen. Sehen aus wie festgenagelt. Starren gegen die gleißenden Scheinwerfer. Mein Herz klopft wie wild – ob unser Trick funktioniert?
Er funktioniert! Die Technomusik wird abgestellt, und noch ehe Al Lias etwas durch die Lautsprecher brüllen kann, fangen wir an zu singen. Ohne Musik dieses Mal. Aber mit viel Herz. Viel Gefühl. Es ist unsere Melodie.
Weit kommen wir nicht. Das, was jetzt aus den Lautsprechern dröhnt, klingt sehr, sehr wütend: »Aus! Schluss mit dem Zirkus! Das ist meine Zeit! Das ist mein Geld!«
»Nein!«, rufe ich. »Zeit ist nicht Geld. Zeit ist Leben!« Ich bin selbst überrascht, wie fest meine Stimme klingt. Meine Freundinnen stehen hinter mir, und ich spüre ihre Kraft und weiß, dass ich nicht allein bin. »Wir machen nicht mehr mit bei diesem Spiel!«
Eins.
Zwei.
Drei.
Es ist totenstill im Studio. Alle halten die Luft an. Es scheint, als wären alle Klemmbrettmenschen in einen eisigen Schock gefallen. Man kann ihr Entsetzen mit Händen greifen.
Vier.
Fünf.
Dann rappelt und poltert es im Zuschauerraum. Ich höre Schritte, kann aber wegen der Scheinwerfer nichts erkennen. Wie aus dem Nichts taucht der Boss auf der Bühne auf. Sein Gesicht ist knallrot. Ihm läuft der Schweiß von der Stirn. Die Adern an seinen Schläfen pulsieren. Er plustert sich auf und erinnert mich an KriKri, wenn er wütend ist.
»Ich! Bin! Der! Boss!«, schreit er mich an. Kleine Spucketropfen fliegen durch das Scheinwerferlicht. Aber ich weiche nicht zurück.
»Er ist der Boss!«, ruft ein Klemmbrettmensch aus dem Dunkeln.

»Was ich sage, ist Gesetz!« Al Lias wird lauter.
»Was er sagt, ist Gesetz!« Jetzt rufen schon mehr Leute aus dem Nichts. Wie ein Echo. Al Lias holt schnaubend Luft.
»Alle machen, was ich sage, und ich sage, wie es geht!«
»Genau!« Die Unsichtbaren stimmen ihm zu. Vereinzelt ist Applaus zu hören. Al Lias' Lippen zittern. Ich halte ihm stand. Und zum ersten Mal gelingt es mir, einen Blick in seine Augen zu werfen. Direkt hinein und hindurch. Es sieht grau aus und giftgrün, aber irgendwo ganz unten in seiner Seele leuchtet ein warmes, goldenes Licht. Es ist so klein und winzig, dass es fast nicht zu erkennen ist. Aber es ist da. Für einen winzigen Sekundenbruchteil nur. Aber ich habe es gesehen. Und ich weiß, dass auch er nur ein Mensch ist. Wenn auch einer, der im Augenblick mächtig heftig miese Laune hat.
»Was heißt das, Boss?«, frage ich ihn, als er Luft holt. »Macht Sie das zu einem besseren Menschen? Muss ich vor Ihnen im Staub kriechen? Wer sind Sie, dass Sie über mich und meine Musik bestimmen?« Ich habe keine Ahnung, woher die Worte kommen. Aber sie kommen. Und sie scheinen richtig zu sein, denn der Stein in meiner Hand wird ganz warm.
»Ich habe Sie heute Morgen noch nicht gekannt. Und da hat mir das Singen und Tanzen noch Spaß gemacht. Jetzt habe ich keine Lust mehr darauf, und das kann nicht sein. Ich spiele hier nicht mehr mit. Ich bin raus. Punkt.« Zur Bekräftigung reiße ich noch eine Plastikblume ab und werfe sie Al Lias vor die Füße.
»Was ist denn in sie gefahren?«, wispert Tilda hinter mir. Amys Antwort geht in dem Tumult unter, der jetzt losbricht. Alle scheinen auf einmal auf die Bühne zu stürmen, vorneweg Paula, die sich an ihrem Klemmbrett festklammert und sehr, sehr ratlos aussieht.
Al Lias erstarrt und schluckt trocken. Er muss es gar nicht erst laut aussprechen, was in seinem Kopf umherschwirrt. Genau jetzt kann ich seine Gefühle direkt in seinen Augen lesen, die jetzt so groß und rund sind wie Untertassen.

Er fragt sich, wie ein unnützes Mädchen aus dem Nichts ihn, den Boss, den Macher, hier in seinem Studio vor seinen Leuten so rotzfrech und respektlos behandeln kann.
»Du rotzfreches, nichtsnutziges, undankbares …« Weiter kommt er nicht, denn ich gehe einen Schritt auf ihn zu. Unsere Nasen würden sich beinahe berühren, wenn er nicht ein gutes Stück größer als ich wäre.
»Es ist ein trauriges Spiel, Boss«, flüstere ich, sodass nur er es hören kann. »Egal was Sie uns versprechen, Sie haben selbst keine Freude daran. Das alles hier hat Ihr Herz gefressen.« Wieder sehe ich das kleine, warme Leuchten in seinen Augen. Es flackert, wird größer. Dann brüllt er los, und das warme Licht scheint in sich zusammenzufallen.
»Ich verklag dich!« Seine Stimme kiekst, so laut brüllt er. »Ich bring dich in den Knast, das wirst du …«
Er taumelt. Fasst sich an die Brust. Wird mit einem Schlag weiß wie Schnee. Japst nach Luft. Verzieht das Gesicht und sackt in die Knie. Ganz langsam. Er gibt ein gurgelndes Geräusch von sich, starrt zu mir hoch, verdreht die Augen und kippt zur Seite. Das habe ich nicht gewollt!
»Einen Arzt! Schnell!« Paula wird hysterisch. Ich gehe neben Al Lias in die Knie. Sein Mund steht leicht offen, und er atmet schwer. Ich weiß nicht, was ich tun soll. Hinter mir umarmen sich die BoomBoom Roses. Tilda schluchzt. Ich lasse den blauen Stein neben mich auf das abgeschabte Holz des Bühnenbodens rollen. Tausende haben hier schon getanzt und gesungen. Aber sicher lag hier noch nie einer, der näher am Tod als am Leben war. Ich nehme Al Lias' Kopf und lege ihn auf meinen Schoß. Um uns herum herrscht bleierne Stille. Ich beuge mich über sein Gesicht. Atmet er überhaupt noch?

Müde Seele, müdes Herz

»A.L.T.E.R. F.A.L.T.E.R. Ohne Worte. Was ist mit Al Lias? Mir ist schlecht. Ich bin ganz blass. Alle aus dem Weg. Der Mann braucht Hilfe. Sofort!«

Als ich Al Lias mit zitternden Fingern über die Wange streichle, fühlt seine Haut sich kalt an. Fast wie Wachs. Aber er atmet. Ganz schwach nur. Kaum zu merken. Aus den Augenwinkeln sehe ich, dass sich zwischen all den Klemmbrettmenschen, die um uns herum stehen, eine kleine Gasse bildet. »Der Arzt!«, ruft jemand, als sich eine schmale Gestalt durch die Leute drängt. Diesen Arzt kenne ich – es ist PotCurry! Für Erklärungen ist aber keine Zeit, und ich brauche auch keine. Ich bin einfach nur froh, ihn zu sehen. Ich fühle mich gleich besser, wenngleich ich mir übergroße Sorgen um Al Lias mache. Ich weiß aus meinen Träumen, dass PotCurry viel mehr kann als nur kochen. Dass seine Großmutter ihm viel mehr beigebracht hat, als nur mit Salz und Pfeffer umzugehen. Ich weiß es einfach.

PotCurry nickt mir zu, geht neben dem Boss in die Knie. Fühlt dessen Puls. Berührt die Stirn. Legt sein Ohr auf Al Lias' Brust. Er muss mir nichts sagen, ich sehe an seinem Blick, dass es nicht gut steht. Gar nicht gut. PotCurry öffnet eine schwarze Ledertasche und nimmt Töpfchen und Fläschchen heraus, eine kleine Schale, einen winzigen Mörser. In Windeseile mischt er Kräuter und Tinkturen, als würde er den lieben

langen Tag nichts anderes tun. Dann gibt er aus einer Glasflasche eine scharf riechende Flüssigkeit in die kleine Schale, schwenkt den Inhalt und taucht seinen Zeigefinger hinein. Damit benetzt er wieder und wieder die Lippen des Ohnmächtigen.
Ich habe keine Ahnung, was er da tut. Aber ich weiß, dass es richtig ist. Richtig sein muss. Ich bin stolz, dass PotCurry mein Freund ist. Und er muss mir auch nicht sagen, wie er so schnell hier war. Ich fühle, dass er die ganze Zeit im Zuschauerraum gewesen ist. Ein bisschen schäme ich mich ihm gegenüber für meinen Wutanfall – aber nur ein bisschen. Denn als er mich ganz kurz anschaut, weiß ich, dass er immer noch bei mir ist. Bei mir, Masita. Und nicht bei Rosi.
PotCurry legt seine linke Hand auf Al Lias' Brust, genau an die Stelle, an der dessen Herz schlägt. Dann beginnt er zu singen, ganz leise. Es ist ein fremder Rhythmus, eine fremde Melodie, so ganz anders als alles, was ich je zuvor gehört habe. Ich verstehe nicht die Worte, die er singt. Aber ich weiß, was sie bedeuten.
»Seine Seele ist müde, müde Seele, müdes Herz.«
Einer Eingebung folgend lege ich meine Hand neben PotCurrys. Ich lausche seinem Gesang, bis er sich umdreht und aus der Tasche eine kleine Flöte holt. Jetzt braucht er seine linke Hand, um zu spielen. Aber das ist gut so, denn meine Hand ist bei Al Lias' Herz. PotCurry zaubert auf der Flöte, webt uns ein in eine Melodie, die nur noch Gefühl ist. Ohne Raum, ohne Zeit. Ich starre Al Lias an. Jetzt sieht er auf einmal nicht mehr so finster aus, beinahe nett. Nicht mehr arrogant und böse. PotCurrys Musik tröstet mich, und ich weiß, auch wenn nicht alles gut wird, diesen Moment werde ich nie vergessen.
Als PotCurry seine Flöte zur Seite legt, umgibt uns bleierne Stille. Fast scheint es, als würden die Leute zu Säulen erstarren. PotCurry legt seine Hand zurück neben meine.
Und dann – zuckt Al Lias mit den Lidern! Er stöhnt. Mein Freund flößt ihm noch ein paar Tropfen der Medizin ein. Al Lias hustet, dann öffnet er die Augen. Starrt erst mich an, dann PotCurry. Er will sich auf-

setzen, aber der Straßenkoch drückt ihn behutsam zurück. Sanft, aber sehr bestimmt. Und siehe da: Der Boss meckert nicht. Im Gegenteil, er gibt so etwas wie ein wohliges Seufzen von sich. Wieder schließt er die Augen, um sie kurz darauf zu öffnen. Ich kann die Fragezeichen in seinem Gesicht beinahe greifen. Er weiß nicht, was passiert ist. Wie er in diese Lage gekommen ist. Und schon gar nicht, wieso sein Kopf auf meinem Schoß liegt. Der Boss holt tief Luft, dann greift er sich an das steife, weiße Hemd und reißt daran. Drei Knöpfe springen ab, einer fliegt haarscharf an meinem Kopf vorbei. Die beiden anderen kullern auf die Bühnenbretter. Al Lias zerrt noch einmal an seinem Hemd, dann holt er so tief Luft, als wäre er eben ganz tief in einen See getaucht und käme jetzt an die Oberfläche.
Und auch ich ziehe die Luft scharf zwischen den Zähnen ein.
Mir wird heiß.
Eiskalt.
Knallheiß.
Um Al Lias' Hals liegt eine goldene Kette. Mit einem Amulett. Meine Finger zittern wie nie zuvor, als ich das Schmuckstück vorsichtig anhebe und umdrehe. Den Deckel ziert eine weiße Taube.
Es ist das gleiche Amulett, wie ich es trage.
Es gibt nur zwei dieser Art auf der ganzen Welt.
Eines gehört mir.
Das andere … meinem Vater.

Wenn dein Herz dich ruft ...

»Boah! Alter Falter, gerade noch mal gut gegangen. Welche Kraft so ein bisschen Musik doch hat! Lach nicht. Ja, ich zittere. Auch weil Al Lias ein Amulett hat, von dem ich ehrlich gesagt keinen Plan habe, ob er das überhaupt besitzen darf.«

Ich nestele meine Kette unter dem Kratzkleid hervor. Sie scheint in meiner Hand zu brennen. Al Lias starrt erst meine Kette, dann mich an. Mit großen Augen. Und zum ersten Mal öffnet sich dieses Fenster zu seinem Herzen für mich, und ich erkenne den Menschen, der er wirklich und wahrhaftig ist. Er ist nicht länger Al Lias. Er ist wieder der, der er immer war. Elias. Elias aus dem Wolkenland.
»Vater!«, flüstere ich.
»Mein kleines Blümchen!«
Um uns herum scheinen alle Menschen zu verschwinden. Ich sehe nur noch ihn, das, was hinter seinen Augen ist. Wir müssen uns nicht mit Worten unterhalten, nicht wirklich. Vater nimmt meine Hände in seine, und in unseren Gedanken kann ich ihm all die Fragen stellen, die mir so lange auf der Seele lasten. Und er antwortet mir, stumm und still für alle anderen, nur er und ich wissen, was unsere Herzen sich zu sagen haben.
»Warum bist du gegangen, Vater?«
Und mit seinen Augen erzählt er mir stumm seine Geschichte. Er konnte

nicht anders. Er musste gehen. Sein Herz hat ihn gerufen. Mit jedem Wort, das er mir schweigend mitteilt, spüre ich seine große Trauer ein Stück mehr. Er drückt ganz fest meine Hand, als wollte er sie nie wieder loslassen. Und das fühlt sich so gut an!

Vater ging in die Erdenwelt, weil er es musste. Weil er eine große Prüfung bestehen sollte. Er sollte die Terraner wieder an die Sprache des Herzens erinnern. Aber dass seine Reise eine Prüfung werden würde, das ahnte er nicht.

»Mein Herz hat mich gerufen. Ich musste gehen«, sagt er, und ich tauche ein in seine Augen. Sein Herz.

»Das ist ja wie bei mir«, sage ich erstaunt.

Vater nickt.

»Glaub mir, mein Blümchen, es war alles andere als leicht, zu gehen. Dich und deine Mutter allein zu lassen. Aber ich wusste, dass ich es tun musste. Und ich habe gehofft, bald, sehr bald wieder bei euch zu sein.«

Jetzt kann ich nicht mehr gegen die Tränen anblinzeln. Sie rollen mir über die Wangen. Vater wischt sie weg.

»Mama vermisst dich so«, schluchze ich.

»Ich wollte doch heimkehren, glaub mir.« Er sieht mich so flehend an, dass ich gar nicht böse sein kann. »Aber ich konnte nicht. Die Regenbogenbrücke ist nie wieder aufgetaucht, so sehr ich sie auch gesucht habe.«

Jetzt wird mir ganz schön mulmig. Was, wenn auch ich und die Boom-Boom Roses hier in der Erdenwelt gefangen sind? Dann habe ich zwar meinen Vater wiedergefunden, aber meine Mutter geht zu Hause vor lauter Trauer und Einsamkeit ein wie eine Blume ohne Wasser.

Vater hat versucht, aus der Situation das Beste zu machen. Er liebt die Musik. Und war genau der Richtige, um die neue Show im Glaspalast aufzubauen. Vater ist Musik, und zum ersten Mal seit so langer, langer Zeit spüre ich seine Melodie. Ganz leise nur, aber sie ist da. Vielleicht haben die Terraner gespürt, dass Elias einer ist, der alles für die Musik tut. Möglich, dass sie seine Melodie nie vernommen haben. Aber er machte aus »The Best of the Best« die genialste, tollste, allerbeste Show in der ganzen Erdenwelt. Ich bin ein bisschen stolz auf ihn. Nein, sehr sogar: So anstrengend ich das alles hier finde und so sehr mein Kleid mich gerade kratzt, ich muss doch zugeben, dass er das hier ganz schön gut hinbekommen hat.

»Es war wie ein Rausch«, gibt Vater zu. »Der Erfolg, die Leute, die mich hofiert haben. Ich war nicht mehr ich selbst.«

»Aber Mama und ich?«

Tränen schimmern in Elias' Augen. »Ich habe euch so sehr vermisst. Immer dachte ich: Nur noch eine Show. Nur noch einmal. Dann muss die Regenbogenbrücke kommen. Ich muss nur erfolgreich genug sein. Dann kann ich nach Hause.«

Aber die Brücke kam nicht. Und statt den Erfolg zu genießen, sich an der Musik zu berauschen, sich an Melodien zu freuen, wurde das Herz meines Vaters kalt. Gelangweilt.

»Mein Herz war nicht mehr rein«, sagt er, und ich spüre, dass er erst jetzt, in diesem Augenblick, begreift, warum er nicht zurück ins Wolkenparadies konnte. »Ich habe nichts mehr mit Liebe getan.«

Und wie war das? Was hat Vater Karl gesagt? Nur der, dessen Herz rein ist, kann über die Regenbogenbrücke gehen.

Mir wird schlecht. Denn jetzt verstehe ich, warum ein Teil des Wolkenlandes verschwunden ist: So sehr mein Vater sich auch bemüht hat, die Terraner mit der Musik an die Sprache der Herzen zu erinnern, sie haben es nicht verstanden. Und je weniger sie es verstanden haben, desto weniger Energie und Kraft konnte durch Vater Karls Wurzeln fließen. Das Band, das unsere beiden Welten verbindet, wurde trocken und brüchig. Und es war einfach nicht mehr genug, um das ganze Wolkenland zu nähren.

»Deshalb leuchten Vater Karls Blätter nicht mehr«, wird mir klar.

»Ich schäme mich so.« Mein Vater sieht aus wie ein kleines Kind. Ich möchte ihn trösten. Ihm sagen, dass alles wieder gut wird. Aber das kann ich nicht. In meine Freude, meinen Vater endlich, endlich wieder gefunden zu haben, mischt sich Trauer. Und ... Wut. Wie konnte ausge-

rechnet er zulassen, dass meine Freundinnen und ich, seine Tochter, bei diesem Zirkus mitmachen? Wir wären doch nach kurzer Zeit genauso kalt geworden wie alles und alle hier!
»Verzeih mir«, unterbricht Elias meine dunklen Gedanken.
Kann ich das?
Will ich das?
»Hör auf dein Herz.« Das war die Stimme von Vater Karl! Und irgendwie klingt sie gar nicht mehr so schwach. Ich ahne, dass von meiner Entscheidung alles abhängt. Aber ich spüre schon jetzt, dass der uralte Baum dort oben im Wolkenparadies neue Kraft bekommt. Und dann ist es ganz leicht.
»Papa!«, rufe ich.
Vater nimmt mich in die Arme. Küsst meine Stirn. Und ich weiß, dass alles gut ist. Und wenn nicht, noch nicht, dass alles gut wird. Weil es gut werden muss.
Und weil ich aus den Augenwinkeln sehe, dass PotCurry nickt.

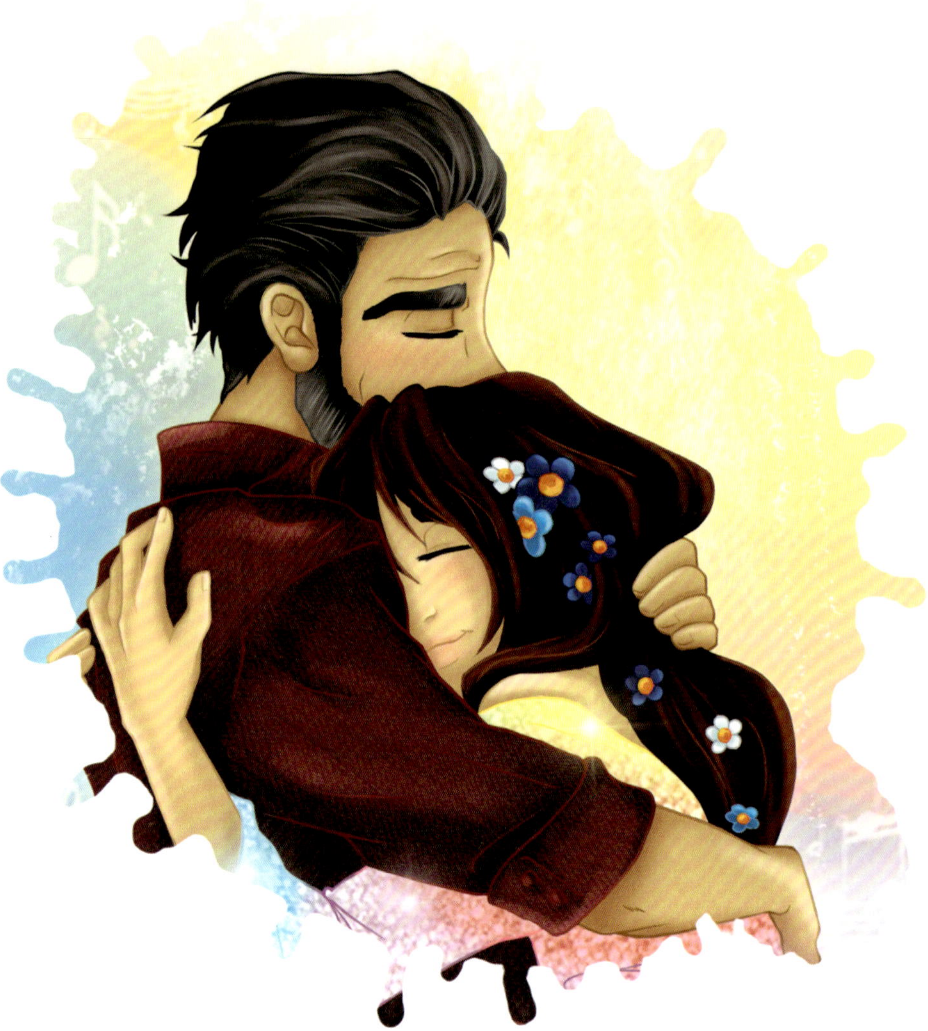

Was du auch tust, tu es mit Liebe

»Ahahaaaalter. Fahahaaaalter. Haste mal ein Taschentuch für mich? Endlich hat Masita ihren Vater wiedergefunden. Zum Heulen schön ist das. Sie hat ihn so, so lange vermisst. Aber das Beste ist, dass er irgendwie nie wirklich weg war. Klingt kitschig, ist aber so: Er war die ganze Zeit in ihrem Herzen. Also ganz nah bei ihr.«

Dann allerdings reißt PotCurry die Augen auf und wird blass. Ich begreife erst nicht, was los ist, denn Vater und ich sind ja noch immer am Boden. Außer Knien und Hosenbeinen kann ich nicht viel sehen. Erst als die Leute auseinanderströmen, sehe ich, was los ist: Sharky! Er springt wie ein wild gewordener Drache über die Stuhlreihen ins Studio und brüllt: »Gebt es her!« Und dann sehe ich die Wannabees, allen voraus TomTom, die durch den Zuschauerraum rennen. Spotty ist knallrot im Gesicht, Charly schnauft wie Natias nach einem Galopp, und TomTom presst ein dickes Buch an seine Brust.
»Mein Buch«, flüstert PotCurry tonlos, mit Überraschung und Enttäuschung in der Stimme. Papa hebt den Kopf, ich helfe ihm aufstehen. Erst ist er ein bisschen wackelig auf den Beinen, aber als Klemmbrett-Paula ihm einen Becher Wasser reicht und er ihn zur Hälfte gierig getrunken hat, kehrt Farbe und Leben in sein Gesicht zurück. Echtes Leben dieses Mal!

»Was ist da los?«, ruft er – und auch seine Stimme ist anders. Wärmer. Menschlicher. Es scheint, als wäre Al Lias von ihm abgestreift worden. Und was nun zum Vorschein kommt, ist Elias. Mein Vater. Der Mann, der die schönsten Geschichten erzählen kann. Der das größte Herz hat von allen. Mein Papa! Aber ich habe keine Zeit, mich darüber zu freuen, denn jetzt stürmen die Wannabees auf die Bühne. TomTom sieht aus wie ein gehetztes Karnickel. Charlys Gesicht glüht vor Hitze, und Spotty wirkt, als wäre ein Raubtier hinter ihm her. Eines namens Sharky.

»Gebt das sofort her!«, brüllt er und macht einen Satz quer über drei Stuhlreihen. Die Wannabees schlagen Haken, Sharky gibt Gas, streckt die Hand aus und schafft es, TomTom am Shirt zu packen. Der strauchelt, stolpert und fällt wie ein abgesägter Baum um. Im Fallen wirft er das Buch in die Luft und ruft: »Du wolltest uns nur abzocken!« Spotty hechtet nach dem Buch und bekommt es zu fassen, ehe auch er auf den Boden knallt. Charly bremst, schlägt einen Haken und reißt Spotty die Beute aus der Hand, ehe Sharky sich auf seinen Kumpel wirft wie ein nasser Sack. Spotty lässt pfeifend die Luft aus seinen Lungen entweichen. Charly ist mit einem Satz bei PotCurry und drückt ihm das begehrte Stück in die Hand.

»Das ... ist ... deins ...«, schnauft er und hält sich den Bauch. Ich vermute, er hat Seitenstechen.

»Ist es nicht! Das gehört mir!« Sharky rappelt sich hoch, tritt dabei Spotty auf die Hand. TomTom setzt sich auf und versucht, Sharkys Bein zu fassen, doch der springt über ihn hinweg und kommt genau vor PotCurry und mir zum Stehen. Sein Gesicht ist von der Anstrengung krebsrot. Er sieht uns aus zusammengekniffenen Augen an. Ein Blick, der die Temperatur auf der Bühne trotz der vielen Scheinwerfer merklich abkühlen lässt. Ich greife nach Elias' Hand. Mein Vater schiebt sich zwischen PotCurry und Sharky.

»Stopp!«, ruft er und hebt die Hände. »Es reicht!«

Sein Ton ist so bestimmt, dass selbst Sharky zögert. Lange genug, damit Klemmbrett-Paula ihn am Ärmel zur Seite ziehen kann. Er versucht,

sie abzuschütteln, aber Paula kann sehr hartnäckig sein. Das gehört schließlich zu ihrem Job. Mittlerweile haben sich die Wannabees aufgerappelt. Sie sehen aus wie zerrupfte Hühner nach einem Rennen gegen Esel Natias. PotCurry drückt meine Hand, holt tief Luft und tritt, ohne mich loszulassen, einen Schritt nach vorne. Er steht jetzt genau neben meinem Vater.
»Es reicht«, sagt auch er. Dabei fixiert er TomTom ein paar Sekunden lang, bis dieser den Blick senkt.
»Spiel dich nicht auf, Bambusratte«, faucht Sharky.
Ich will etwas sagen, aber PotCurry kommt mir zuvor. Er schwenkt das Buch, das in abgegriffenes braunes Leder eingebunden ist, vor Sharkys Nase.
»Was wolltest du denn damit?«
»Das weißt du ganz genau, Reiskocher! Wenn du mir deine Rezepte nicht freiwillig gibst, dann hole ich sie mir eben.« Er schnaubt. »Oder nein, ich lasse sie holen. Ein Sharky macht sich die Hände nicht schmutzig.«
Sharky lacht hämisch, und ich beginne zu verstehen, was hier los ist: Der Typ wollte wissen, warum PotCurrys Suppen so fantastisch schmecken – und selbst Profit aus dessen Kochkunst schlagen! Und um an die Rezepte zu kommen, hat er die Wannabees dazu benutzt, das Buch zu stehlen. Und zwar genau in dem Moment, als PotCurry nicht bei seiner fahrbaren Küche war. Viel später werde ich erfahren, dass Sharky da schon selbst nach dem Buch gesucht hatte. Oder eben hat suchen lassen. Von drei Jungs, die kräftiger und skrupelloser waren als die Wannabees. Die sich im Viertel einen Namen machen wollten. Und die, weil sie älter als TomTom, Spotty und Charly waren, deren Platz einnehmen sollten. Als TomTom hörte, wie Sharky sich über ihn und seine Freunde lustig machte (»Diese Schwächlinge, die sind so doof …« und andere ganz, ganz fiese Sachen) machte es Klick. Zweimal. Einmal in seinem Herz, das ein bisschen brach. Und ein zweites Mal in seinem Kopf. Ihm wurde klar: Dieser Sharky wollte ihnen gar nicht helfen. Der wollte nur seinen eigenen Profit. So gierig die Wannabees auch manchmal sein

mochten – das passte TomTom überhaupt nicht. Und dann ging alles ganz schnell. Die Wut machte ihn stark. Stark genug, um Sharky das Buch aus der Hand zu reißen.

»Na, dann wünsche ich dir viel Glück.« PotCurry zuckt mit den Schultern und streckt Sharky das Buch entgegen. »Wenn du es sooo gerne haben willst …«

»Aber das kannst du doch nicht machen!«, rufen TomTom und ich wie aus einem Mund.

»Entschuldige, das tut mir so leid«, murmelt Charly.

Spotty senkt den Kopf.

»Das wollten wir nicht, aber er hat uns gedroht«, flüstert TomTom.

»Ich weiß.« PotCurry drückt Sharky das Buch in die Hände. »Also soll er es haben.«

Das glaube ich nicht! Da gibt er einfach so sein gesammeltes Wissen diesem Fiesling, damit der künftig die besten Suppen der Erdenwelt kochen und damit stinkreich werden kann?

Mein Vater legt mir die Hand auf die Schulter. Ich schiele zu ihm hoch. Er nickt mir zu.

»Nein!« TomTom versucht, sich das Buch zu krallen. Aber Sharky ist schneller. »Als wir erfahren haben, dass er ein Suppenimperium aufbauen will und alle hier in Zukunft nur noch Sharkys Essen zu einem völlig übertheuerten Preis bekommen sollen, war uns klar, dass da was schiefläuft.«

Ich habe TomTom selten so viel auf einmal reden hören.

»Na ja, und er hat vorhin versucht, das Buch zu klauen«, fährt Charly fort. »Also eigentlich sollten wir es stehlen. Wollten wir auch, als du zum Boss gerannt bist. Tut mir leid.« Seine Stimme versagt. Er schnieft.

»Er wollte uns dafür bezahlen«, versucht Spotty eine Erklärung. »Aber irgendwie … also … das geht doch nicht. Weil … also … du bist doch unser Freund.«

Ich kann ihm ansehen, dass er in dieser Sekunde eine Erkenntnis hat. Dass PotCurry nämlich nicht nur der Koch ist, auf dem man rumtrampeln kann. Sondern ein ganz famoser Kerl. Und gegen die Neuen im Revier kann man jeden als Verstärkung brauchen.

Sharky schnappt sich das Buch und hält es triumphierend in die Höhe. »Tadaaa! Ladies and Gentlemen, das ist die Geburtsstunde von Sharkys Suppenimperium!« Er schwenkt das Buch wie eine steife Flagge, dann stellt er sich breitbeinig hin und klappt den Deckel auf. Ich würde es ihm am liebsten aus der Hand reißen. PotCurry rührt sich keinen Millimeter und verzieht keine Miene. Erst als TomTom ein leises »Freunde?« flüstert, nickt er.

»Dann wollen wir mal sehen.« Sharky leckt sich über den Zeigefinger der rechten Hand und schlägt die erste Seite auf. Starrt sie an. Wird blass. Dann rot. Dann wieder blass.

»Was. Ist. Das?« Seine Stimme ist nicht mehr als ein heiseres Krächzen. PotCurry geht auf die Zehenspitzen und lugt in das Buch.

»Das? Das ist ein Foto meiner Großmutter. Da war sie noch ganz jung.« Sharky blättert hektisch durch die Seiten, eine reißt ein, dann flattert ein schwarzweißes Foto auf den Bühnenboden. Elias bückt sich danach und lächelt, als er es betrachtet. Das Foto zeigt eine grauhaarige Frau in einem Wickelkleid, die ein winziges Baby in den Armen hält. Die beiden stehen vor einem Fahrrad, das mit beinahe der gleichen Küche ausstaffiert ist wie die von PotCurry. Nur ist in der Küche auf dem Foto der Suppenkessel ziemlich verbeult.

»Das bin ich mit Oma«, erklärt PotCurry.

»Die Rezepte!«, faucht Sharky. »Wo sind die verdammten Rezepte?« PotCurry tippt sich an die Stirn. »Hier drin.«

Sharky schleudert das Buch zu Boden. Charly bückt sich und hebt es auf. Er drückt es kurz gegen seine Brust, dann schleicht sich ein Grinsen in sein Gesicht. Ganz schwach nur, zuerst, ein bisschen schief, ganz so, als wüsste dieses sanfte Lächeln nicht, ob es willkommen ist. Schließlich aber schnellen seine Mundwinkel nach oben, und er streckt PotCurry das Buch hin. Er muss nichts sagen, wir alle verstehen auch so – es ist eine Entschuldigung und die Bitte um Verzeihung. PotCurry will

nach dem Album greifen, aber da hechtet Sharky nach vorne, als habe jemand Sprungfedern in seinen Lackschuhen montiert. Er scheint einen Moment durch die Luft zu fliegen, verzieht dabei das Gesicht zu einer irren Grimasse und kommt mit einem klatschenden Geräusch bei PotCurry an, den er mit seinem gesamten Körpergewicht zu Boden reißt.
»Jetzt reicht's aber, echt!«
Das ist Flo! Meine Freundinnen hatten sich bislang im Hintergrund gehalten, aber wenn es wirklich ungerecht wird, dann hält sie nichts mehr. Flo stürzt sich, gefolgt von Amy, auf Sharky und zerrt ihn von PotCurry herunter. Tilda springt herbei und zieht an Sharkys Beinen, bis dieser auf dem Boden liegt. PotCurry sieht aus wie ein verdutzter Käfer auf dem Rücken, aber er scheint in Ordnung zu sein.
»Du fieses, mieses, widerliches Stück Mensch!«
Holla! So habe ich PotCurry ja noch nie gehört! Er scheint selbst erschrocken, spricht aber weiter.
»Ich fasse es nicht, du klaust meine Sachen, benutzt meine Freunde und meinst, damit kommst du durch?«
Seine schwarzen Augen scheinen Blitze zu schießen.
Sharky spuckt auf den Boden. Flo versucht, ihm den Arm auf den Rücken zu drehen, damit er nicht nach PotCurry schlagen kann.
»Ich schlage keine Mädchen!«
Er versucht, sich aufzurappeln, strauchelt, kommt erst im zweiten Anlauf wieder in die Senkrechte. Sein Anzug ist ziemlich zerknittert, und die sonst so akkurat gegelten Haare stehen in alle Richtungen ab.
»Hier schlägt keiner irgendwen«, sagt mein Vater und baut sich vor Sharky auf. Jetzt sieht auch der Letzte im Saal, dass immer noch ein wenig vom alten Al Lias übrig ist: So sieht ein Boss aus. Allerdings keiner, der nur fies und böse ist, sondern einer, dem gerade eine Ungerechtigkeit gewaltig gegen den Strich geht. Ich bin richtig, richtig stolz auf meinen Papa!
»Sie verlassen auf der Stelle mein Studio.«
Das sagt Elias so ruhig, als würde er nur eben mal feststellen, dass das

Wetter schön ist. Aber seine Augen sagen noch viel mehr – und genau das kommt bei Sharky an. Der zieht die Nase hoch, zögert einen Moment, wirft dann den Kopf in den Nacken und … stapft davon.
»Mit euch Pappnasen will ich sowieso nichts zu tun haben«, giftet er.
Wenige Sekunden später hat das Dunkel des Zuschauerraums ihn verschluckt, und ich bin mir ziemlich sicher, dass wir ihn lange, lange nicht sehen werden.
»Kaffee! Wer will Kaffee?« Klemmbrett-Paula fasst sich als Erste. Es kommt Bewegung in die Truppe. Aus dem Orchestergraben höre ich das Pling von Geigen und das Pong von Trompeten, die zur Seite gelegt werden. Die Leute laufen durcheinander, verschwinden nach und nach. Die Roses und die Wannabees starren sich ein paar Momente lang an, dann nicken alle sechs und zockeln gemeinsam von der Bühne Richtung Kantine. PotCurry legt mir die Hand auf die Schulter.
»Ich glaube, du und dein Vater, ihr habt etwas zu besprechen«, flüstert er und drückt mir einen kleinen Kuss, sanft wie ein Windhauch, auf die Wange.
Ich kann nur nicken. Mein Freund boxt mich noch einmal aufmunternd gegen den Arm, dann verschwindet auch er.
Vater sieht mich an, und in seinen Augen ist ein ganzes Meer aus Gefühlen. Trauer. Wut. Scham. Aber auch Hoffnung und ganz viel Liebe. Und diese Liebe dringt auf seiner Melodie zu mir, direkt aus seinem Herzen in meines. Einen Augenblick lang klingt es schief, dann verschlingen sich die Töne ineinander und werden zu einem Lied. Unserem Lied. Elias nimmt mich an der Hand und führt mich zum großen schwarzen Flügel, der in der hinteren Ecke der Bühne steht. Er setzt sich auf den Hocker, klappt den Deckel hoch und mustert die schwarzen und weißen Tasten. Er blinzelt eine Träne weg. Streckt die Finger, und ich weiß, dass er zum ersten Mal seit langer, langer Zeit wieder an einem Klavier sitzt. Die ersten Töne schlägt er noch zaghaft an, aber dann wird sein Spiel mutiger und sicherer – denn er spielt unsere Melodie! Es ist das Lied der BoomBoom Roses. Aber nicht ganz … So ist es noch viel

schöner! Ich kann nicht anders, ich muss mitsingen. Und bekomme gar nicht mit, dass die Leute wieder in den Saal strömen. Plötzlich stehen Tilda, Amy und Flo neben mir, und wir singen gemeinsam. Dann tauchen die Wannabees auf. Von irgendwoher kommt Techno aus den Lautsprechern – aber nicht so gewaltig wie vorhin, sondern nur untermalend. Aus unserer Melodie wird ein Lied, das für alle ist. Elias spielt, wir singen, die Jungs tanzen. Es könnte von mir aus ewig und ewig so weitergehen. Aber irgendwann ist es vorbei. Einen Moment herrscht Totenstille. Dann bricht dermaßen lauter Jubel aus, dass mir die Ohren klingeln. Die Roses hüpfen auf und ab, die Wannabees klatschen sich ab. PotCurry strahlt, und Klembrett-Paula macht sich eifrig Notizen.
Dann nickt mein Vater mir zu. Wir gehen aus dem Saal, folgen den langen Gängen und kommen schließlich zu einer Hintertür. Elias drückt einen Zahlencode in ein kleines Kästchen, ein Summer schnurrt, und wir stehen in einem kleinen Innenhof. Wer hätte gedacht, dass sich im Glaspalast eine Wiese verbirgt, auf der ein Baum steht, der ein klein bisschen aussieht wie Vater Karl als Zwerg?
»Das ist ja fast wie zu Hause«, rufe ich.
Elias lächelt und führt mich zu einer Bank.
»Fast. Das ist mein Garten. Nicht so schön wie im Wolkenparadies, aber immerhin. So konnte ich manchmal so tun, als wäre ich noch zu Hause.«
Und dann brechen die Gefühle und die vielen, vielen Fragen wie eine kalte Welle aus mir heraus. Meine Augen füllen sich mit Tränen, und ich kann meinen Vater nur noch verschwommen sehen.
»Warum bist du ohne mich in die Erdenwelt gegangen?«, presse ich raus.
Elias legt seinen Arm um meine Schulter.
Auch er hat Tränen in den Augen.
»Ich musste gehen, mein Blümchen. Und ich konnte doch niemanden mitnehmen.«
»Aber warum?«
»Es war meine Aufgabe, die große Prüfung zu bestehen. Von der ich gar

nichts wusste. Das ist ja das Komische, wenn man der Auserwählte ist. Man muss dem Ruf seines Herzens folgen, aber man weiß nicht, wohin und wozu.«

»Komisch, wie bei mir.« Mir wird ein bisschen flau, und ich lege den Kopf gegen Vaters Schulter.

»Nun ja. Ich habe meine Prüfung nicht bestanden. Ich sollte die Terraner an die Sprache des Herzens erinnern. Und das habe ich nicht geschafft.« Die letzten Worte flüstert er nur. Dann seufzt er.

»Ich habe gehofft, dass du wiederkommst. Jeden Tag. Und Mama … Sie ist so traurig.«

Elias senkt den Blick. Masita spürt, dass er mit jeder Faser seines Herzens an ihre Mutter denkt. Eine einzelne einsame Träne rennt über seine Wange und tropft zu Boden.

»Es hat mir das Herz zerrissen, als ich gegangen bin.« Hastig wischt er die Tränen weg. »Jeden einzelnen Tag wollte ich nach Hause, mehr als alles andere.« Er drückt mich fest an sich. »Doch hier in der Erdenwelt war alles so anders, so aufregend. So neu. Und teuer. Alles hier kostet Geld.«

»Das stimmt.« Da muss ich ihm recht geben. »Hier ist alles anders.«

»Das andere ist aber auch teuer. Schöne Dinge gibt es hier meistens nicht umsonst. Blumen muss man kaufen. Es gibt extra Läden dafür!«

»Was?« Wo gibt's denn so was? Bei uns zu Hause wachsen die Blumen überall, und jeder kann sich an ihnen erfreuen, wann immer er will.

»Die Terraner sehen Blumen aber nicht so wie wir«, erklärt mein Vater weiter. »Ihnen sind andere Dinge wichtiger. Autos. Klamotten.«

Blechkisten und graue Anzüge? Kann ich kaum glauben. Muss aber so sein, schließlich gibt es von beiden hier eine Menge.

»Und wenn man irgendwo wohnen will, muss man dafür auch bezahlen. Jedes Ding, das man möchte oder braucht, kostet viel, viel Geld. Und davon hatte ich nun mal keines.«

Geld. Klar. Natürlich kennen wir Wolparianer auch Zahlungsmittel. Aber wenn jemand wirklich richtig Hunger hat, dann helfen ihm die anderen. Laden ihn zum Essen ein. Und wissen, dass sie umgekehrt auch jederzeit Hilfe bekommen.

»Kurz nach meiner Ankunft habe ich gehört, dass sie im Glaspalast jemanden suchen, der sich mit Musik auskennt. Na, und wer kennt sich besser mit Musik aus …«

»… als wir Wolparianer!«

»Genau, Masita. Und da war ich dann. So viel Musik, so viele Menschen! Es war wie ein Rausch. Egal was ich gemacht habe, alles wurde ein Erfolg. Alle haben mich bewundert und mich behandelt wie einen König. Das war wie ein Zwang, und ich wollte immer mehr davon. Auch mehr Geld. Für noch mehr Sachen.«

Elias sieht mich traurig an. In seinen Augen sehe ich, dass er möchte, dass ich ihn verstehe. Ein bisschen kann ich das auch, wer will denn nicht mit Musik leben?

»Hast du uns denn nicht vermisst?« Ich fasse all meinen Mut, meine Wut und Enttäuschung zusammen. Ich zittere, als ich meinen Vater ansehe. Elias schweigt. Lange. Dann senkt er den Blick.

»Ich habe euch vermisst. Jeden Tag. Jede Minute. Immer.« Wieder treten Tränen in seine Augen. Er versucht, sie wegzublinzeln, aber es gelingt ihm nicht. Seine Augen blicken nach innen, während die Trauer und Sehnsucht als Tränen aus ihm herausquellen.

»Ich liebe sie so sehr. Mehr als mein Leben. Deine Mutter …« Er stockt und wischt sich über die nassen Wangen. »Sie ist der wunderbarste Mensch, den ich kenne. Ohne sie bin ich nichts.«

»Aber warum bist du nicht zurückgekommen?«, flüstere ich.

»Immer habe ich gedacht, nur noch diese eine Show. Nur noch einmal eine richtig erfolgreiche Band. Eine, die auch deiner Mutter gefallen würde. Die du mögen würdest. Einmal noch Applaus. Begeisterung.«

Elias vergräbt das Gesicht in den Händen. Ich schweige. Und schaudere, als er weiterspricht.

»Ich hatte so viel Erfolg. Ich dachte, das ist mein Weg. Aber die Menschen liebten nicht mich. Sie liebten meine Macht.«

Er sieht mich lange an. Ein kleines, leises Lächeln huscht über sein Gesicht.

»Wie konnte ich nur vergessen, wie schön und gut ihr seid, deine Mutter und du?«

»Warum bist du nicht nach Hause gekommen?« Jetzt will ich es wissen.

»Es ging nicht. Ich habe gewartet. Tagelang. Wochenlang. Aber die Regenbogenbrücke ist nicht erschienen. Nie.«

Mir wird ganz flau. Was, wenn wir hier auf der Erde bleiben müssen? Nun gut, ich habe neue Freunde gefunden. Ich habe meinen Vater wiedergefunden. Aber Mama … Vater Karl … all die anderen?

»Eines Nachts ist mir Vater Karl im Traum erschienen. Er sagte mir, dass ich die große Prüfung nicht bestanden habe. Anstatt die Menschen an die Sprache des Herzens zu erinnern, habe ich mein eigenes Herz vergessen. Begraben unter dem Erfolg. Und die Musik …« Elias schluckt. »Die Musik war für mich nur ein Mittel zum Zweck. Es ging nicht mehr um schöne Melodien. Es ging nur noch darum, womit ich mehr Geld verdienen kann. Ich bin sehr reich hier unten auf der Erde, Masita. Aber … Ich habe nichts mehr aus Liebe getan. Mein Herz war nicht mehr rein und jemand, dessen Herz nicht rein ist …«

»… darf die Regenbogenbrücke nicht betreten«, ergänze ich.

Vater nickt. Mir wird eiskalt. Elias drückt mich fester an sich, und ich starre die Blätter des Baumes über uns an. Sie sind grün, aber längst nicht so saftig und lebendig wie die von Vater Karl.

»Ich habe es nicht geschafft, die Terraner an die Sprache des Herzens zu erinnern«, spricht Vater weiter. »Ich bin auf dieses ganze Spiel von Erfolg und Macht reingefallen. Ich habe das alles mit Liebe verwechselt. Ich dachte, die Menschen mögen mich, mögen meine Musik. Aber sie wollten nur Macht und Geld. Das habe ich lange nicht begriffen. Bis ich dich vorhin sah, habe ich nicht gemerkt, wie leblos ich war. Und ganz ehrlich, ich habe meine Strafe verdient. Ich habe es verdient, dass ich nicht zu euch zurückdurfte. Denn ich habe es nicht verhindert, dass dem Wolkenland Schaden entsteht.«

»Also, deswegen sind Teile des Landes abgestorben? Deswegen ist ein Teil des Wolkenparadieses verschwunden?«

Elias nickt bekümmert. »Es tut mir so leid.«

Jetzt ist es an mir, seine Hand zu drücken.

»Ich wäre so gerne ein Vater, auf den du stolz sein kannst.« Elias drückt mir einen Kuss auf die Stirn. »Aber in dieser Welt wird es nur hell, wenn das Licht von Scheinwerfern auf dich fällt.«

Über uns rascheln die Blätter, nur ganz leise. Hier in den Innenhof kommt kaum ein Lüftchen.

»Ich kann dich nur um Verzeihung bitten.« Elias steht auf, kniet vor mir nieder und legt den Kopf in meinen Schoß. »Ich bitte dich von ganzem Herzen um Verzeihung.«

Ich zittere am ganzen Körper und schlinge die Arme um meinen Vater. »Ja!«, will ich rufen, aber die Worte bleiben in meinem Hals stecken.

Die Tür zum Innenhof fliegt auf, und im selben Moment, in dem meine Freunde hereinstürmen, erfasst ein Wirbelwind den Baum, reißt und zerrt an den Blättern, heult durch den ganzen Hof. Alles wird rot. Blau. Violett. Orange. Und dann ergießt sich die Regenbogenbrücke über den Glaspalast.

»Es ist Zeit zu gehen«, ruft Flo gegen den Wind an.

Dritter Teil
Zurück im Wolkenparadies

Die Sprache des Herzens scheint heller als jede Flamme

»Jetzt ist es echt gut mit der Erdenwelt. Zu Hause ist besser. Die Blätter schmecken besser, das Gras ist grüner und … alter Falter. Für mich wird es Zeit. Ich muss in meinen Kokon schlüpfen. Wir sehen uns. Irgendwann. Bald. Denk an mich, während ich ein bisschen weg bin. Und freu dich, wenn ich als alter Falter mal auf deiner Nase lande.«

Wooooooohaaaaa! An diesen Ritt durch Farben und Licht könnte ich mich glatt gewöhnen! Aufwärts macht es viel mehr Spaß auf der Regenbogenbrücke als abwärts. Und irgendwie scheint es schneller zu gehen, ich werde wie wild herumgewirbelt und kann nicht erkennen, ob ich alleine auf der Brücke bin oder ob ich Mitreisende habe. Hinauf. Hinab. Hoch. Herum. Kopfüber. Die Füße zuerst. Was für eine Fahrt!
Ich erinnere mich noch gut an die heftige Landung bei den Terranern und bereite mich und meinen Hintern schon mal auf ein großes Autsch vor. Aber als die Brücke verblasst und die Fahrt langsamer wird, segele ich beinahe wie ein Blatt zu Boden, ganz sanft, und lande leicht im

weichen Moos. Mir ist ein bisschen schwindelig und, es dauert einen Moment, ehe ich weiß, wo ich bin.
Ich bin bei Vater Karl. Oder dem, was von dem mächtigen, starken Baum übrig geblieben ist: Seine Äste hängen traurig herunter, die meisten Blätter sind auf den Boden gesegelt, und die wenigen, die nicht in den riesenhaften Laubhaufen liegen, klammern sich schrumpelig und braun an die Zweige.
»Masita!«
Ich sehe nichts mehr. Schon wieder presst Tante SoSo mich an sich. Ich mag das nicht. Ich brauche Luft und schüttele mich. Sie lässt mich los. Endlich. Die Sorge um Vater Karl kann auch eine Tantenumarmung nicht vertreiben. Und auch nicht die Gedanken an meine Freundinnen. An Elias. PotCurry und die Wannabees. Wo sind sie? Geht es ihnen gut? Es scheint eine Ewigkeit zu dauern, bis Tante SoSo mich wieder loslässt. Dann höre ich ein leises »Fumpp«. Noch eines. Noch einmal »Fumpp«. Ich schiele unter dem dicken Arm meiner Tante durch. Flo ist eben gelandet. Gleich nach ihr Amy. Tilda rappelt sich hoch, klopft sich trockenes Laub aus dem Kleid. Und da … ist Papa! Jetzt kann Tante SoSo mich nicht mehr festhalten. Wie ein Fisch winde ich mich aus ihrer Umarmung, will auf meinen Vater zurennen. Aber eine Hand hält mich fest – die Hand von PotCurry. Er grinst, ist ganz außer Atem vom wilden Ritt über die Regenbogenbrücke und deutet mit einem Kopfnicken in Richtung Elias. Stimmt, da kann ich jetzt nicht stören: Meine Mutter fliegt in seine Arme, und die beiden halten sich so fest, dass man meinen könnte, sie wollten miteinander verschmelzen.
Fumpp. TomTom landet, Bauch voraus, im Moos. Er sieht ein wenig zerstrubbelt aus, muss aber lachen, als nacheinander – fumpp, fumpp – Charly und Spotty die Hintern voraus ankommen.
»Das ist also Vater Karl!«, flüstert PotCurry und nimmt meine Hand. Gemeinsam gehen wir zu dem zerfurchten Baumstamm. PotCurry legt erst seine freie Hand, dann seine Wange an das raue Holz. Ich tue es ihm gleich. Schließe die Augen. Und höre – nein: spüre – eine Melodie,

die ich nicht kenne. Und die mir doch so vertraut ist. Sie kommt aus meinem Freund. Aus mir. Aus Vater Karl. Ein Summen geht durch den Stamm, ein Vibrieren erfasst uns. Ich öffne ganz vorsichtig ein Auge und schiele nach oben. Ein braunes Blatt segelt herab – aber da ist noch etwas anderes. Etwas sehr Grünes, das sich an der Stelle, an der eben noch das tote Laub hing, aus dem Ast windet. Noch ein frisches Blatt erscheint, noch eines, bald sind es Dutzende, Hunderte, ich kann sie nicht zählen. Die Melodie wird lauter, heller, sie klingt wie tausend Glöckchen, wunderschön und fremd, vertraut und sonnig. Dann geht ein Raunen durch den Stamm; es klingt, als würde Vater Karl nach sehr, sehr langer Zeit ganz tief Luft holen.

»Masitaaaa! Maaaasiiiitaaaaaa!« Der Schrei zerreißt die Stille. PotCurry und ich fahren herum. Ich muss grinsen: Natias tänzelt auf die große Wiese, versucht eine Pirouette, strauchelt und kommt mit klappernden Eselshufen auf einem Felsbrocken zum Stehen.

»Was! Ist! Das?«

TomToms Unterkiefer klappt herunter. Charly reißt die Augen so weit auf, dass ich befürchte, sie kullern heraus. Spotty schüttelt ungläubig mit dem Kopf.

»Das ist Natias«, gibt Flo bekannt.

»Der … der Esel … der spricht?«

TomTom ist ziemlich blass um die Nase geworden. Klar, er konnte ja nicht wissen, dass wir im Wolkenparadies die Stimmen der Tiere verstehen. Er jetzt offensichtlich auch, denn sonst würde er nicht so ein bedröppeltes Gesicht machen. Hinter ihm erklingt das perlende, schimmernde Lachen meiner Mutter. Wie lange habe ich das vermisst! Eine warme Welle aus Freude und Glück durchströmt mich, und am liebsten würde ich tanzen und singen. Über uns raschelt das frische Blattwerk von Vater Karl. Am Horizont tauchen nun auch KriKri und seine Hühner auf – ein Anblick, der die Wannabees noch eine Spur blasser um die Nase werden lässt. Klar, in ihrer Welt sprechen Tiere nicht. Vom Tanzen ganz zu schweigen!

»Boah, mit dem könnte man eine Riesenshow machen«, platzt Spotty raus. »Ein sprechender Esel!«
Charly boxt seinen Freund in die Seite.
»Pssst!«
Natias nickt mit seinem großen grauen Kopf in alle Richtungen und verscheucht mit seinen langen Ohren einen frechen Schmetterling. Er schnaubt und gebietet alle, die sich versammelt haben, Ruhe. Nacheinander mustert er uns mit strengem Blick. Dann räuspert er sich.
»Ich bin gekommen, um das Ergebnis der großen Prüfung zu verkünden!«
Wie zur Bekräftigung geht ein lautes Rascheln durch das immer dichter werdende Blätterdach von Vater Karl.
»Aber das kennen wir doch. Ich habe die Prüfung nicht bestanden«, ruft mein Vater und drückt Mama fester an sich. In seinen Augen schimmern Tränen, und ich weiß, dass er Angst hat. Angst, uns wieder verlassen zu müssen. Angst, dass sein Besuch hier im Wolkenparadies nur kurz sein wird. Angst, wieder zurückzugehen. Und auch Mama hat Angst. Ich weiß, dass die beiden sich nie wieder loslassen wollen. Aber ich ahne auch, dass Elias zurück zur Erde muss. Ich könnte schreien bei der Vorstellung, meinen Vater ein zweites Mal zu verlieren und bin heilfroh, dass PotCurry an meiner Seite ist und meine Hand hält.
»Pah, Elias, du doch nicht.« Natias kichert wiehernd. »Die junge Dame hier, um die geht's!«
Natias fixiert mich mit seinen kullerrunden Augen.
»Ich?« Was will der denn von mir?
»Du warst, nein, du bist nach deinem Vater die Auserwählte.«
Was? Ich? Aber das hätte ich doch wissen müssen! Tausend Fragen zucken in meinem Kopf. Wirbeln durcheinander. Mir wird ganz schwindelig.
»Du? Wahnsinn.« Tilda nickt anerkennend.
»Ruhe, bitte!«, ruft Natias.
Er räuspert sich, sucht auf dem Felsbrocken einen noch besseren Stand, lässt ein lautes »Iah« hören und zerrt schließlich mit dem Maul eine

Rolle aus Papier aus der Tasche seines roten Sattels. Es dauert einen Moment, bis er mit Maul und Hufen das goldene Band aufgefriemelt hat, das die Rolle zusammenhält. Dann legt er das Papier auf den Boden und hält es mit den Vorderhufen fest.
»Dann wollen wir mal.«
»Mach's nicht so spannend!«, ruft Amy und kassiert dafür ein »Tststs« von Tante SoSo. KriKri hackt mit seinem Schnabel auf eines seiner Hühner ein, das laut gackert. Schließlich aber sind alle still.
»Die Prüfung der Freundschaft«, beginnt Natias vorzulesen. »Du, Masita, hast zu PotCurry gehalten, obwohl er für alle ein Außenseiter war. Du hast den Wert der Freundschaft geehrt, an diesen Jungen geglaubt und die erste Prüfung bestanden.«
»Und wie sie das hat!«, ruft PotCurry begeistert. TomTom, Charly und Spotty starren zu Boden. Von ihnen kann man wohl eher nicht behaupten, dass sie gute Freunde waren.
»Die Prüfung der Wahrhaftigkeit«, fährt der Esel fort, ohne sich um die Zwischenrufe zu kümmern. »Du, Masita, hast Nein gesagt zu den Verlockungen der Erdenwelt. Du hast auf Ruhm und Erfolg verzichtet, um dich und deine Seele, deine eigene Melodie, nicht zu verraten. Du warst standhaft, auch wenn du damit den Boss und deine Freundinnen verärgert hast. Du bist deinem Herzen gefolgt.«
»Das ist sie«, flüstert Flo. »Und ich bin ganz schön froh drüber.« Sie zwinkert mir zu. »Obwohl ich ja das Kleid bombastisch fand.«
Ich muss kichern, aber Natias spricht schon weiter.
»Die Prüfung der Vergebung! Du warst nicht wütend auf deinen Vater, weil er dich und deine Mutter im Stich gelassen hat. Du hast verstanden, dass er für Macht und Geld seine Seele verkauft hat.«
Ich schiele zu Vater, der ziemlich verlegen auf den Boden starrt. Meine Mutter aber strafft die Schultern und reckt das Kinn.
»Dein Vater hat das Wolkenland beinahe zerstört mit seiner Gier. Und trotzdem hat dein Herz das Größte vollbracht – du hast ihm vergeben.«
Puh. Ganz schön heftig das alles. Ich hatte keine Ahnung, was ich alles

getan haben soll. Für mich war das alles ganz normal. Finde ich. Aber natürlich ist es nett und fühlt sich gut an, so viel Lob auf einmal zu bekommen. Selbst die strenge Tante SoSo nickt zufrieden.
Natias verrenkt wieder den Kopf und zerrt einen knallgrünen saftigen Zweig aus seiner Satteltasche. Dann stakst er vom Felsen herunter und kommt auf mich zu. Er bleibt erst stehen, als ich den warmen Atem aus seinen Nüstern auf meinem Gesicht fühlen kann.
»Maschita, du bisch ümmer deim Hersch gefolggd.«
Ich nehme ihm den Zweig ab, der in meiner Hand vibriert und ganz heiß wird.
»Danke.« Der alte Esel grinst. »Also noch mal: Du bist immer deinem Herzen gefolgt, und deswegen überreiche ich dir hiermit im Namen von Vater Karl diesen heiligen Zweig als Anerkennung und Erinnerung an deine Reise.«
Natias berührt mit seinem weichen Maul meine linke Wange. Dann tritt er einen Schritt zurück und senkt den Kopf, bis seine Nüstern meine Füße berühren. Das ist mir jetzt aber doch ein bisschen peinlich.
Vater Karl rettet mich. Aus seinem Inneren erklingt erst leise, dann immer lauter, eine Melodie. Ein Lied, das anschwillt wie ein Gebirgsbach, der im Frühling vom Schmelzwasser verbreitert wird.
Ich drehe mich um. Der alte Baum ist wieder voller grüner Blätter, saftig, lebendig. Ein Windstoß erfasst die Laubhaufen, wirbelt die braungelben Blätter auf, lässt sie wie einen Strudel in die Luft steigen und weht sie davon.
»Wow«, flüstert PotCurry an meiner Seite. Mama kommt, legt mir den Arm um die Schultern. Ich sehe sie und meinen Vater an, der neben ihr steht und ihre Hand hält. Dann schließe ich die Augen und werfe den heiligen Zweig in die Luft. Ich weiß, ohne es zu sehen, dass er hinaufwirbelt, Teil des Blätterdaches wird, zurückkehrt zu Vater Karl und seinen Platz irgendwo im mächtigen Grün findet.
Dann erfasst mich der Gesang des alten Baumes wie eine Welle und trägt mich hinauf.

> *»Wolkenland und Erdenwelt*
> *sind endlich wieder verbunden.*
> *Das Band, das sie am Leben hält,*
> *es wird nur im Herzen gefunden.*
>
> *Die Sprache des Herzens ging nicht verloren,*
> *sie wurde vergessen und wiedergeboren.*
> *Sie wird nun von einem zum anderen getragen*
> *und bringt wieder Licht ins Dunkel der Tage.*
> *Denn wenn nur einer in Liebe wandelt*
> *und stets nur aus dem Herzen handelt,*
> *wird er so wie ein Feuer sein.*
> *Ein jeder sieht den hellen Schein,*
> *tragt es weiter, auf dass es jeder hört,*
> *nichts wird durch die Liebe zerstört!«*

Die Musik verebbt. Einen Moment lang ist es mucksmäuschenstill, und sogar der Wind hat aufgehört zu wehen.

»Hey, Bambusra … PotCurry!«, ruft TomTom. »Ich glaube, wir, äh, also … haben Mist gebaut.« Er hat die Hände ganz tief in den Hosentaschen vergraben.

»Kann man so sagen«, seufzt Tilda.

»Mächtig großen Megamist«, pflichtet Amy bei.

»Mächtig großen Megamonstermist«, meint Flo.

»Tut uns leid, Reisko … PotCurry.«

Spotty streckt meinem Freund die Hand hin. Der schlägt ein, lässt aber nicht los. Nacheinander legen TomTom, Charly und die BoomBoom Roses ihre Hände auch aufeinander, bis es ein ganzes Knäuel ist. Da mache ich doch glatt mit und lege meine Hand zuoberst.

»Dann zeigt uns doch mal ein paar Moves«, durchbricht TomTom nach ein paar Sekunden die Stille, und wir alle lassen los.

»Iiiich?«, kreischt Natias.

»Ja, wer denn sonst? Tanzen können wie ein Esel, wer will das nicht?«
Charly grinst. Spotty macht mit seinem Mund die ersten Takte vor, Tilda, Amy und Flo klatschen, TomTom pfeift eine Melodie. Bald schon hüpfen, singen und tanzen alle durcheinander. Aus den Augenwinkeln sehe ich, wie meine Eltern Hand in Hand davonspazieren. Ein schönes Bild – und ein noch schöneres Gefühl. Und ohne zu fragen, gibt Vater Karl mir in seinen Gedanken die Antwort: Ja, Elias darf bleiben. Er ist wieder ein Wolparianer geworden, denn er hat sein Herz zurückerobert. Nur ... alle können nicht bleiben. Die Wannabees und PotCurry müssen zurück auf die Erde. Dort sind sie zu Hause. Dort wurden sie geboren. Sie müssen wieder heimkehren.
Bald schon.
Nach diesem Fest.
Aber ... nicht für immer. Denn unsere beiden Welten sind wieder miteinander verbunden.
Wie auf ein geheimes Zeichen hin drehen PotCurry und ich uns um, gehen von den Tänzern weg und setzen uns zwischen die starken Wurzeln von Vater Karl. Eine ganze Weile schweigen wir und sehen den anderen zu. Dann nimmt PotCurry meine Hand. Gerade rechtzeitig, ehe Tante SoSo uns erreicht.
»Der junge Mann kann mir mal ein bisschen kochen helfen!« Sie stemmt die Arme in ihre breiten Hüften. »Ich habe gehört, er kennt fantastische Rezepte.«
»Kennt er«, sage ich und bin ziemlich stolz auf PotCurry.
»Dann los!«
Tante SoSo duldet keinen Widerspruch. PotCurry seufzt und rappelt sich hoch.
»Wir sehen uns gleich wieder«, zwinkert er mir zu.
Und ich weiß, dass er damit nicht nur das Fest heute Abend meint. Wir werden uns sehen. In seiner Welt. In meiner. Oder in unseren Träumen. Ja, wir alle sehen uns in unseren Träumen.

PotCurrys zauberhafte Suppe

Die Rezepte von PotCurry sind streng geheim. Aber extra für dich hat er eines aufgeschrieben: die zauberhafte Suppe für alle Lebenslagen!

Für die Grundsuppe brauchst du:
1,5 Kilo mehligkochende Kartoffeln
1 kleine Zwiebel
Etwas Butter
Gekörnte Gemüsebrühe
Salz und Pfeffer

Erst die Kartoffeln schälen und in kleine Würfel schneiden. Dann die Zwiebel ebenfalls schälen und würfeln.

Die Butter in einen großen Topf geben und darin die Zwiebeln braten, bis sie glasig sind. Dann die Kartoffelwürfel dazugeben, das Ganze mit etwa 1,5 Liter Wasser begießen. Brühe dazugeben (wie viel, steht auf dem Glas) und etwa 30 Minuten kochen lassen.

Dann den Topf vom Herd nehmen und die schon weichen Kartoffeln mit einem Stampfer zerdrücken. Eventuell mit Salz und Pfeffer abschmecken.

Fertig ist die Grundsuppe!

PotCurry hat natürlich für jede Lebenslage ein Geheimrezept. Je nachdem, wen du dir zum Essen eingeladen hast, kannst du verschiedene Zutaten nehmen, um die Grundsuppe aufzupeppen – und um die Menschen zu verzaubern. Es gibt für jeden das passende Rezept.

Für Frierende: in der Suppe eine kleine Ingwerknolle mitkochen.

Für Schwache: in einer kleinen Pfanne Speckwürfel in Butter braten, bis sie knusprig sind, und dann zur fertigen Suppe geben.

Für Gäste mit Fernweh: Shrimps in Olivenöl kurz anbraten und zur fertigen Suppe geben.

Für Kränkliche: zwei große Möhren raspeln und in der Suppe von Anfang an mitkochen.

Für Träumer: 1 bis 2 Riegel weiße Schokolade etwa 30 Minuten ins Gefrierfach legen, dann raspeln und zur Suppe geben.

Für Schlaflose: einen Teelöffel Kräuter der Provence in der Suppe mitkochen.

Für Mutige: die Suppe mit Curry abschmecken.

Für Ängstliche: die Suppe mit einer frisch gepressten Knoblauchzehe verfeinern.

Für Zaghafte: eine Handvoll Pinienkerne rösten (ohne Fett in einer kleinen Pfanne) und über die Suppe streuen.

Für alle Fälle: etwas Sahne in die Suppe rühren. Himmlisch!

Oder du nimmst alle Sonderzutaten. Ein paar davon. Nur eine oder zwei – probier es aus und schau mal in den Küchenschränken nach, was du sonst noch findest. PotCurrys Suppe gelingt immer, wenn du folgenden Trick anwendest: mit Liebe kochen!

Geheimschrift

1. Umgekehrte Folge der Vokale
(Umlaute extra getauscht):
ABCDEFGHIJKLMNOPQRSTUVWXYZÄÖÜ
UBCDOFGHIJKLMNEPQRSTAVWXYZÜÄÖ

2. Konsonanten um sieben Stellen verschieben:
UBCDOFGHIJKLMNEPQRSTAVWXYZÜÄÖ
U   O   I   E   A   ÜÄÖ
  BCD   FGH JKLMN PQRST VWXYZ
              BCDF GHJKL MNPQRST VWXYZ
 STV   WXYZ BCDF GHJKL MNPQR

3. Ergebnis:
ABCDEFGHIJKLMNOPQRSTUVWXYZÄÖÜ
USTVOWXYIZBCDFEGHJKLAMNPQRÜÄÖ

Und hier mal eine Zeile zum Testen!
Afv yioj duc oifo Roico rad Loklof!

A	B	C	D	E	F	G	H	I	J	K	L	M	N	O
U	S	T	V	O	W	X	Y	I	Z	B	C	D	F	E

P	Q	R	S	T	U	V	W	X	Y	Z	Ä	Ö	Ü
G	H	J	K	L	A	M	N	P	Q	R	Ü	Ä	Ö

Willkommen in Masitas Welt

MUSIK-CD ZUM BUCH

Das erste Musikalbum der Wolken
Die Prophezeiung

„Dieser Moment"
gesungen von
Cassandra Steen

Masita
von Ferdinand Hu...

2 CDs

Die **Musik** zum Buch!

Mit dem Song
„Dieser Moment"
gesungen von
Cassandra Steen

Schon bald

Seid gespannt auf das **Hörspiel** und das **Hörbuch** von Masita.

Weitere Infos und wann es so weit ist, erfahrt ihr unter
www.masita.de

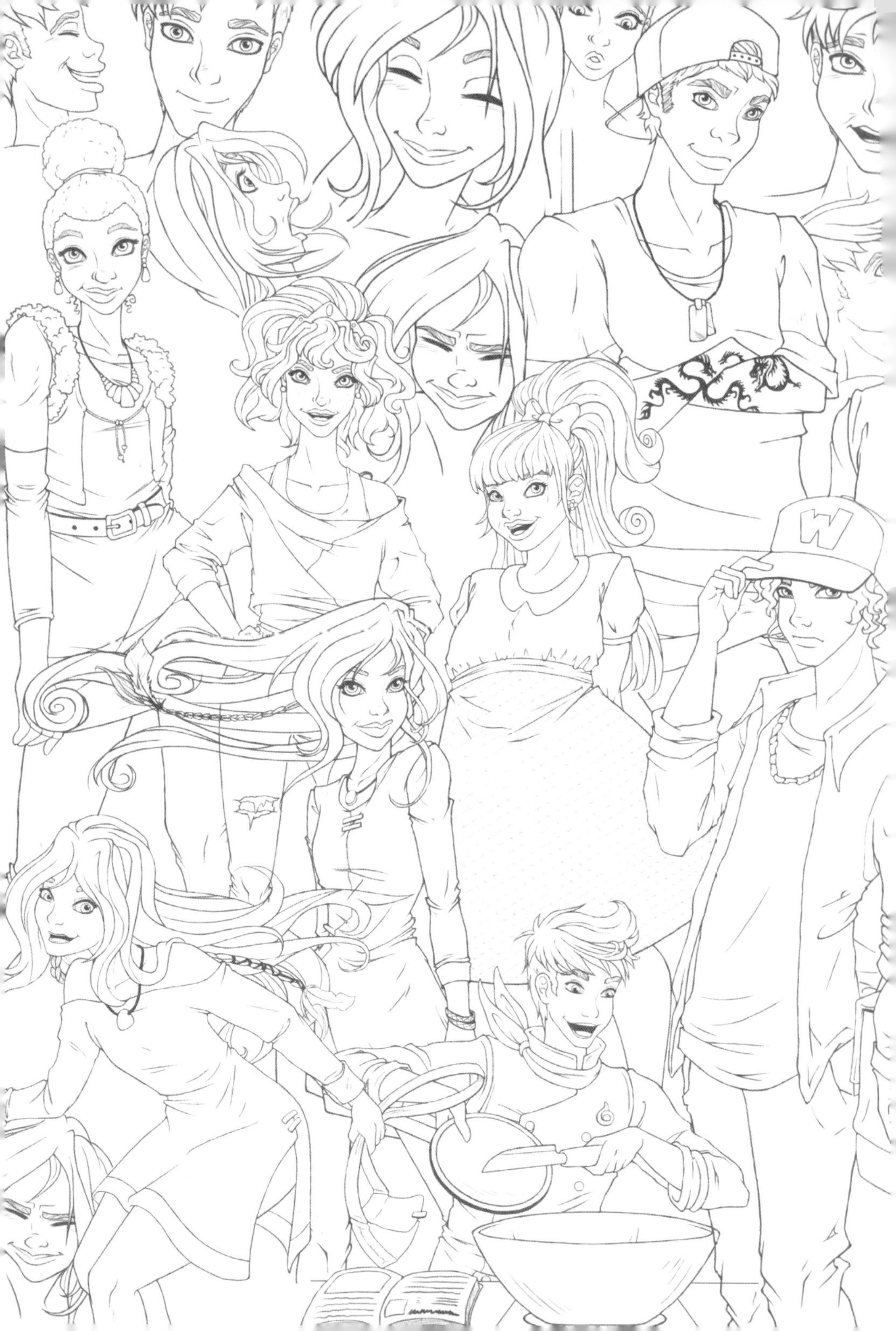

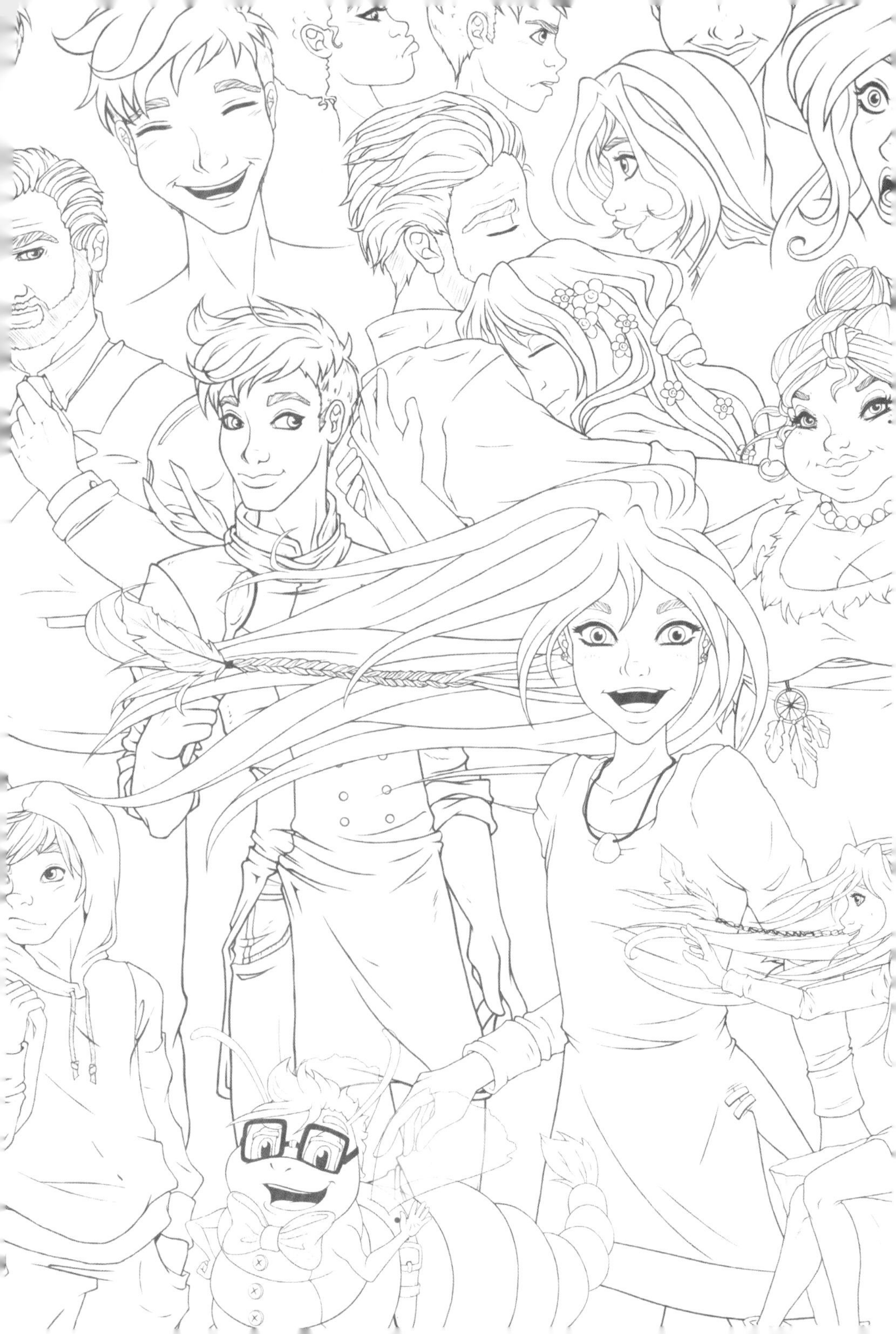